DREAM

少年梦·青春梦·中国梦：中国故事

不跪的人

秦德龙　著

江西高校出版社
JIANGXI UNIVERSITIES AND COLLEGES PRESS

图书在版编目（CIP）数据

不跪的人／秦德龙著．—南昌：江西高校出版社，2014.5（2017.5 重印）
（少年梦·青春梦·中国梦：中国故事／尚振山主编）
ISBN 978-7-5493-2479-8

Ⅰ.①不… Ⅱ.①秦… Ⅲ.①故事—作品集—中国—当代 Ⅳ.①I247.8

中国版本图书馆 CIP 数据核字（2014）第 087885 号

出 版 发 行	江西高校出版社
社 　 　 址	江西省南昌市洪都北大道 96 号
邮 政 编 码	330046
编 辑 电 话	（0791）88170528
销 售 电 话	（0791）88170198
网 　 　 址	www.juacp.com
印 　 　 刷	北京一鑫印务有限公司
照 　 　 排	麒麟传媒
经 　 　 销	各地新华书店
开 　 　 本	710mm×1000mm　1/16
印 　 　 张	13
字 　 　 数	186 千字
版 　 　 次	2014 年 7 月第 1 版
	2017 年 5 月第 2 次印刷
书 　 　 号	ISBN 978-7-5493-2479-8
定 　 　 价	26.00 元

赣版权登字-07-2014-177

[目录]

正步走　　　　　　　　　001

老　兵　　　　　　　　　003

不跪的人　　　　　　　　006

第 100 个　　　　　　　　009

美人腰　　　　　　　　　012

厂医刘绳　　　　　　　　015

摸脸游戏　　　　　　　　018

寻找钟声　　　　　　　　021

到乡下睡麦草　　　　　　024

这也许就是个神话　　　　027

有一种果实叫怀疑　　　　030

π 是个哲学符号　　　　　033

写日记的人   036

流浪的人   039

慢生活   042

零度计划   045

社会调查   048

别拿我当老外   051

美国孩儿   055

你和谁在一起   058

陌生人俱乐部   061

焦小抠   064

劳动节   067

苦　戏   070

绝望了你就去西藏   073

一个人的俄罗斯情结   076

发呆茶馆   079

扮演失败者   082

耳　朵   085

阿是穴   087

盲人的目光   091

圣诞老人在梦里   094

城市的炊烟   097

异乡人的孩子   100

儿童听证会   103

老师发来了短信息   106

谁是真英雄   109

山的泪流满面   111

先别把他当坏人   114

美英的一种感觉   117

康乃馨　　　　　　　　　　　　120

换糖人　　　　　　　　　　　　123

一枚校徽　　　　　　　　　　　126

接　人　　　　　　　　　　　　129

写诗的女孩　　　　　　　　　　131

她是我作品中的那个女孩　　　　133

成　长　　　　　　　　　　　　136

儿子是太阳　　　　　　　　　　138

太阳会跑　　　　　　　　　　　141

策划"淘汰"　　　　　　　　　　143

司　令　　　　　　　　　　　　146

退　票　　　　　　　　　　　　148

找　路　　　　　　　　　　　　151

白　卷　　　　　　　　　　　　153

英雄的名字　　　　　　　　　　155

没有军衔的士兵　　　　　　　　157

号　手　　　　　　　　　　　　160

夺　冠　　　　　　　　　　　　162

背着父亲上井冈　　　　　　　　164

义　举　　　　　　　　　　　　167

永远的苹果　　　　　　　　　　169

献　血　　　　　　　　　　　　171

好人好事　　　　　　　　　　　173

一刀切面馆　　　　　　　　　　175

冬季里的新闻　　　　　　　　　177

老娘土　　　　　　　　　　　　179

卖大米　　　　　　　　　　　　182

高考 30 年　　　　　　　　　　185

一个才女的成长方案 189

迎客松 192

绿色通道 195

陌生人旅馆 197

正步走

公安人员分析，他们要找的那个人，就在这个矿区。经过排查，几十个单身汉，被集中到了操场上，由公安人员认定。

他果然就在这群汉子里。他原先叫什么名字，现在显得很重要了。八年前，他从劳改农场跑了出来，隐姓埋名，做了个下窑掏力的矿工。

他竭力要忘掉原来的那个自己，试图让噩梦永远消失。凡是别人不愿意干的活儿，他都干。凡是吃亏的事，他都做。每年，矿里都要评他当先进，可每次都被他婉言谢绝了。他也不张罗女人，山沟里有几分亮色的女人，都很喜欢他，却都遭到了他的冷眼。

他要彻底埋葬原先那个自己，重新做人，安安稳稳过一辈子。

一想到坐牢他就害怕，尤其不能忍受牢头狱霸的欺压。他清楚地记得，刚进去那天，他就被那群浑蛋们折磨得死去活来。

还有，犯人们每天都要在太阳底下练正步，这是他最难受的时候，他从小就从电视里知道，走正步的，都是威风正派的军人和警察。而自己呢，算什么？披着一身囚服，走正步，他感到非常耻辱。他这个心理障碍，三年后才得以克服。后来他走的正步，已经达到接受检阅的水平了。

如果他服从判刑，现在也该从劳改农场出来了。

但那次接受检阅后不久，他还是逃了出来。正好，这座矿山招工，他就混入了工人队伍。

他也预感到，总有一天，公安人员会找到这里，抓他回去，继续坐牢。他用尽了所有智慧，延缓着这一天的到来。

但这一天还是来了。公安人员把他们一集合，他就知道有自己的戏了。

窑汉们已经排好了队，在公安人员面前走来走去，队伍起初是零散不堪的，如乌合之众。忽然有个公安人员喊了一声："正——步——走！"窑汉们的胳膊就有节奏地甩动起来了，双腿也找到了节拍。

他下意识地挺起了胸脯，将双臂甩得规范而又威武，一双皮鞋也被他跺得咔咔响。他仿佛成了队伍的核心。窑汉们都自觉地向他看齐了，甩出了铿锵有力的步伐。

他有了一种久违了的感觉。

是的，他一甩正步，就被公安人员认定了。公安人员凝视他片刻，喊出了他的真名实姓。他没有惊慌，双腿立正站着，双手朝前伸了出来。

公安人员没有给他戴手铐。那个面色苍老的公安人员，当众宣布，他没有罪，之所以来找他，是接他回去平反的。

热泪顺着他的脸颊流了下来，他呜咽了。

他跟在公安人员的后面走了。可他一迈开步子，就是甩正步，惹得周围的人笑声不止。他很想纠正自己，可怎么也纠正不过来了。

就这样，他昂着头，甩着正步，离开了生存五年的矿山。

老 兵

老兵对两个新兵蛋子说，发现情况，你俩都别往前争，这个机会让给我，你俩立功的机会多着哩。

老兵说这话的时候，口气挺重，还挺横。

两个新兵蛋子就鸡啄米一样点点头。

老兵笑道，这就对了嘛，队伍上还得讲个论资排辈，等你们当老兵的时候，你们就是老一，老一就得优个先，占个尖。老兵说着，伸开两只翅膀一样的巨手，拨拉着两个新兵的头。

两个新兵就憨乎乎地笑了，冲老兵打了个立正。

老兵嘴里的话儿挺稠，一会儿问问这个的家庭，一会儿问问那个的历史，问得挺婆婆妈妈的，挺语重心长的。两个新兵蛋子就觉得老兵挺好，挺温暖，渐渐地话儿也稠了起来。

老兵突然又问，你俩谈女朋友了没有？不等两个新兵回答，老兵又接着自己的话儿说，有女朋友真美好啊，等哪一天，你们把女朋友变成老婆了，你们就知道更美好了。真的，结婚真幸福啊，真美气啊。

两个新兵蛋子一齐笑了起来。他俩都知道老兵刚从老家结婚回来。新兵分到连队的时候，没见到这个老兵，等见到这个老兵的时候，老兵已经笑容满面地在连里发喜糖了。

新兵很想听听老兵讲讲结婚怎样幸福。但是老兵不讲，老兵把结婚的幸福留给新兵蛋子自己去憧憬。

　　老兵又说话了。老兵说，咱们言归正传吧，咱们执行的是特殊任务，懂吗，特殊任务，意义就大了，意义我就不说了，连长已经强调了。

　　两个新兵蛋子就在心里笑了起来。笑老兵故作深沉，笑老兵煞有介事。

　　严肃点。老兵严肃地说。老兵指了指空旷的田野说，部队梳篦子一样，已经过了两遍了，这是第三遍了，就是把山掏空，也要把那家伙找出来，知道吗，这是军令，军令如山。

　　新兵蛋子就不再笑了，从老兵严肃的脸上，他们读出来些严肃的味道。

　　其实，他们真的该把问题看得严重一些。

　　部队这次采取拉网战术，非要搜查出来的那个家伙是一只绿匣子。这只神秘的绿匣子遗失在山里已有十天了，上级要求必须找到它，谁找到它，谁就记特等功。

　　新兵一点也不知道这只绿匣子的重要性。

　　老兵知道。老兵训练有素。老兵凭着感觉，猜到了绿匣子里装着一只恶魔，如果找不到绿匣子，有一天绿匣子里的恶魔跑出来，危害就大了，天理难容。

　　真让人老兵猜着了，绿匣子中是一种放射性元素。

　　但是老兵不想把自己的猜测告诉新兵蛋子。老兵听一个老兵讲过，曾经有一个老兵被放射性元素辐射了，结果导致那个老兵丧失了生命的种子，成了家也体会不到天伦之乐，而且那个老兵早早地就过世了。

　　老兵能把这个故事讲给新兵蛋子听吗？不能。老兵一看见新兵蛋子那天真无邪的眼睛就疼在心尖子上了。老兵看见了自己从前的影子。

　　老兵慈爱地对两个新兵蛋子微笑着。

　　新兵当然不知道老兵在笑什么。两个新兵蛋子都在想，这个老兵油子，快脱军装了，还想争个特等功呢。让他争吧，也真是他说的那样，我们立功的机会在后头呢。两个新兵蛋子就把脚步放得松松垮垮的，有意识地让老兵冲在前头。

老兵一点儿也没感觉到特等功的诱惑。

老兵只想着那两个新兵蛋子还没结婚呢。老兵当然为自己结过婚而自豪了，他相信自己生命的种子正在媳妇的肚子里茁壮成长呢。

想到这里，老兵笑了。

老兵的笑容尚未收敛，眼睛突然亮了起来。

老兵猛虎下山般扑向了那只方方正正、道貌岸然的绿匣子，绿匣子正在草丛里狞笑呢。

幽灵被老兵押送到了它该去的地方。

老兵被送进军区医院，接受全面体检，享受了一个功臣应该享受的一切。

不久，老兵就脱掉了军装，解甲归田去了。

若干年后，两个军人代表部队出席老兵的遗体告别仪式。有一个清秀的女孩儿，将老兵的十几本病历焚成了黑色的蝴蝶。两个军人泪如雨下，向老兵的遗像，庄严地敬礼。

两个军人带走了女孩儿，把女孩儿打扮成了一个新兵蛋子。

不跪的人

　　说来说去，大刚就是一头倔驴。因为他梗着脖子，不肯下跪。别人都跪下了，就他不跪，你说他是不是倔驴？

　　老爷子正在手术室急救。家里人已经跪倒了一片。家里人一遍又一遍对着手术室祈祷：保佑啊保佑，如果有1%的希望，一定要100%尽力地抢救啊！

　　真的，不跪不行了。不跪，万一手术进行中，医生接打电话怎么办？万一医生中断了手术，提出请专家会诊怎么办？万一肚子打开了，专家来不了怎么办？跪吧，该跪一定要跪。没听说过吗？河北有个农民，遭遇车祸，同伴在风雪中12次向人下跪，竟无人理睬！还有，手术中，医生把纱布留在肚子里了；剖宫产，刀口突然开线了；拔牙，把好牙拔掉了⋯⋯这样的怪事多了！跪吧！跪，体现着家属的态度，看在苦苦哀求的份上，医生那颗冷酷的心，一定会被泡软的！

　　可是，亲属们都跪下了，只有大刚不跪！

　　大刚啊大刚，你为什么不跪呢？你不想救老爷子了吗？

　　大刚一言不发。谁都不知道他心里想什么。难道，他真的是驴子托生的吗？

　　"大刚啊，如今这社会，住房要下跪，吃低保要下跪，上学要下跪，

　少年梦·青春梦·中国梦——中国故事

打官司要下跪……干什么事不下跪呢？你跪下了，又能怎么样呢？救的可是老爷子呀！"有人数落着大刚。

大刚的泪水下来了，可他只流泪，不下跪。

"你以为你是谁啊？人命关天，你还讲什么尊严？"

铁塔似的大刚，黑着脸，流着泪，仍然不跪。

"这年轻孩子，膝盖骨真硬。"

简直拿他没法子了。不跪就不跪吧，不懂事就不懂事吧。亲人们都不理睬大刚了，都当他可有可无了，都望着手术室发呆，期待医生妙手回春，把老爷子从黄泉路上拽回来。医护人员不时地穿堂而过。他们看到有人下跪，但并未在意有一个不肯下跪的人。

几个小时后，护士把老爷子从手术室推了出来。

手术成功了！那些曾经下跪的亲属，来到医生办公室，再次跪倒成一片。他们感激涕零，一遍遍表达着谢意。大刚还是没跪。他站在门口，睨视着眼前发生的一切。

医生矜持地笑着，开出一个很长的账单。可是，那些下跪的亲属，却没谁接账单。大刚伸手接过账单，默默地到收费处交钱去了。

老爷子苏醒过来了。那些曾经下跪的亲属，纷纷讲述了自己下跪的体验，有人还扒出膝盖，叫老爷子看下跪的部位。

老爷子苍白着脸，淡淡地笑着，什么都没说。

只有大刚，没向老爷子谝什么下跪的经历。他也没资格谝。没下跪的人，没资格谝下跪的事。老爷子并没责怪他。看起来，原谅他了，不跟他计较了。

谁都没想到，老爷子的病情会反复。一天夜里，老爷子还是被鬼捉去了，医生再无回天之术了。

这就怪不得医院了。

在老爷子的葬礼上，孝子贤孙们哭成了一片，也跪倒了一片。只有一个人没跪，这个没跪的人，还是大刚。他只是用手抹眼泪，将眼睛抹得通红，如一只无奈的兔子。

有人看不下去了，绕到大刚身后，一脚跺了过去。"扑通"一声，大刚被跺倒了，跺成了跪姿。

　　人们不哭了，看着跪下的大刚，忍不住笑了。

　　大刚跪着哭了起来，号啕大哭。哭了一会儿，有人把大刚扶了起来，拉到了板凳上坐下。大刚拆下那条被跺的假腿，看了看说："跺坏了，得去假肢厂重配。"

　　人们望着被跺坏的假腿，什么都不说了。

　　人们都知道，大刚的那条假腿是怎么来的。大刚被一个开车的老板撞了，亲属们在老板面前跪了三天，老板赔了他一条假腿。

第100个

　　每天，他都要去医院门口看讣告，看看谁又被贴出来了。然后，他记下逝者的名字，将讣告抄写在小本子上。医院，是通往死亡的平台，隔三差五，总有人要离开这个世界。有时，一天会送走好几个呢。

　　看见他抄写讣告，人们就把他当成一个很怪异的人，误以为他有收藏癖，专门收藏讣告。

　　人们哪里知道，他是个身患绝症的人。死神已经向他招手了，他几乎可以听见黄泉路上的潺潺流水了。

　　他不想死，真的不想死。每一个有生命的人，都不想死。他也曾经自暴自弃，想一头撞死到墙上。死亡的方法有许多种。也许是出于胆怯，他没有选择自尽，而是硬撑着活下来了。活一天，算一天吧，他这么想。这是个很简单的想法。有时，简单胜于复杂。简单，可以让人看见另一道风景。

　　忽然，有一天，他在医院门口看见了讣告。过去，他从未留意过医院门口的讣告。而这一次，讣告磁石般地将他吸引了。讣告上是谁，已经不重要了。重要的是，一道闪电划过脑际，燃亮了他心中的那片死海。

　　于是，他每天都到医院门口看讣告，看谁又被贴出来了。一个又一个名字，有些是他很熟悉的。熟悉他们的音容笑貌，熟悉他们的家庭子女。

于是，他开始一笔一画地抄写讣告。日积月累，他抄写了厚厚的一个本子。

有这么多人，在前面走了，自己对死亡，还有什么可惧怕的呢！讣告上那些沉痛的词语感染着他，燃烧着他。燃烧过后，他的内心反倒平静下来了。如果，有一天，自己的名字真的被加上了黑框，真的被写到讣告上了，应该是一件很平常的事情。

真的，在医院门口，人们脚步匆匆，谁会在意一粒灰尘溶入大海呢？生来死去，医院不过是一条便捷的通道。

闲下来的时候，他开始整理那些讣告了。他将每一条讣告整理成文词精美的散文。他歌颂死者，超度死亡，心里没有一丝倦怠和杂念。

他有一个朴实的想法，写够 99 个人，然后，就挂笔，将第 100 个位置留给自己。虽然，他不知道，有谁会把他当做第 100 个逝者来写，但他相信，会有人来做这件事情。他的心，真的很平静。有 99 个善良的人，在另一个世界等着自己，还有什么可留恋的呢？

第 100 个死亡的人，他希望是自己。

他每天都去医院门口抄写讣告，有时，也会空手而归。毕竟，医院也不是天天死人。这时候，他会仰望蓝天，打一个漂亮的喷嚏，喷出胸中的浊气。然后，他便扯着嗓子唱歌，唱天大地大，唱爹亲娘亲。

有时，他会翻阅那些由讣告改写的美文，一个人独自欣赏。每当这时，便是他最惬意的时刻了。他对着那文章中的逝者说：哦，朋友，想我了吗？不要急，总有一天，我会去找你们的！

死亡，对他来说，已经无所谓了，真的无所谓了。只要上帝来召唤，鞋一蹬，说去就去了。

可是，上帝一直没有露面。

上帝说过，人类一思考，上帝就发笑。

上帝每天都对着他发笑。虽然，他看不见上帝的微笑，但上帝能看见他思考。

后来，有一天，他打算给自己写的那些文章编号，排查一下自己的写作数量。让他吃惊的是，他写的文章，已经超过100篇了。也就是说，他神不知鬼不觉地与死亡擦肩而过！

第100个逝者，不是自己！

他喜出望外！他泪流满面！

医生不相信这个奇迹。医生说：如果真是这样的话，我直接给每个绝症患者开具《死亡通知书》好了，让患者与死神零距离接触！

他没有和医生争辩。每天，他依然跑到医院门口，抄写讣告，然后，回家整理成文章。

到现在，他还活着。如果，你想找到他，可以去医院门口。在任何一家医院的门口，你都会碰到他这样的人。

美人腰

宝贵和玉英结婚的时候，准备去上海。也不知道是谁说的，上海豫园里有个美人腰。玉英就和宝贵咬好了牙印，要去上海旅行结婚，看美人腰。

他们出发那天，老天爷不给面子，下起了鹅毛大雪。他俩深一脚浅一脚奔到火车站，只买到了两张站票。火车一来，宝贵推着玉英的后腰，斗志昂扬地挤了上去。可是火车却趴在站台上不走了，一趴就是五个小时。后来，列车上广播说，要无限期晚点。玉英烦了，一烦，就拉着宝贵下了火车。

回到家，俩人实实在在地过起了小日子。上海，就成了他们以后的话题了。美人腰，就成了两个人美妙的梦想了。

每次提到上海，玉英就说：跟你结婚真倒霉，连上海都没去成。

宝贵就笑：去呀，想去，明天买火车票就去呗！

但他们一直没去。他们用省下来的钱买了台彩电，总希望着在电视里看见上海，看见豫园，看见美人腰。

俩人总是嘀咕着：什么时候，真的要去上海，看看美人腰到底什么样。

后来，有人从上海回来说：美人腰啊，豫园里的一块石头，挺好看的。

宝贵一听就笑了：一块石头呀。有什么看头？

玉英说：石头也是有些来历的，何况是块好看的石头。等有机会，一定要去上海看看。

后来，他们的孩子一天天长大了，他们还是没能去上海。因为有许多事情比去上海看美人腰重要。

有一天，玉英对宝贵说，想去公园里跳健美操，跳成个美人腰，将来到上海去比一比。

宝贵就笑：你那腰啊，是该减肥了，现在把你带到上海去，全上海的人都会以为猪八戒他二姨来了。

玉英也笑：那你不成猪八戒他二姨夫了？

日子过得如行云流水。

儿子已经大了，也找好媳妇了，也要到上海去旅行结婚了。

宝贵对儿子说：去吧，替你妈看看美人腰，和美人腰照张相带回来。

儿子问：什么美人腰啊？

宝贵就给儿子讲述了爸爸妈妈结婚的向往。宝贵边讲边笑：二十多年了，你妈一直想去上海看美人腰呢。

儿子和媳妇大笑：到上海一定要去替妈看看美人腰。

儿子和媳妇乘火车走了。宝贵和玉英到火车站去送，把一对新人送上新型空调列车。宝贵说：玉英，等我退休了，一定带你去上海，咱们也坐空调车，睡卧铺。

玉英撇嘴说：等着吧，等到猴子笑那一天。

儿子和媳妇很快就从上海回来了。宝贵问：去看美人腰了吗？

儿子难为情地说：爸，妈，真对不起，时间太紧，哪有空去看什么美人腰啊？

媳妇会来事，拿出一张盘说：妈，我给您买了张豫园的碟子，里面绝对有美人腰。

媳妇把盘放进了 VCD 里。豫园的风景，就伴着音乐，展现在全家人的面前了。很快，就演到了美人腰。美人腰，婷婷娉娉，柔情万种，在银屏上展尽风流。画外音说：这来自太湖的奇石，以"露、透、瘦、秀"为奇，状若美女柔腰，与之相拥，可吉祥如意……

宝贵笑道：我当多高级的石头呢，和咱公园门口的差不多嘛。

玉英说：真是，盼了这么多年，咱这里就有这样的石头。

厂医刘绳

　　厂医刘绳，职工医院的医生。每次，胡厂长有病，都要点刘绳的名。刘绳用药准，疗效快，可迅速让胡厂长脱离苦难。胡厂长说刘绳是一根神绳，是专门捆小鬼儿的神绳。要说也是，在位十几年，声色犬马，缠了一身病，胡厂长是越发离不开刘绳了。

　　胡厂长又被送到医院来了，一送进来，就哼哼叽叽，话都说不囫囵了。

　　院长把刘绳喊了过来。院长说：你的买卖，还得你来！

　　刘绳搓了搓手，听了听胡厂长的心脏，量了量胡厂长的血压，翻了翻胡厂长的眼皮，看了看胡厂长的舌苔，不无严肃地说：贵人驾到，还是住院吧！

　　有人把刘绳拉到了走廊上。刘绳认得此人，是厂长的贴身随从厂办主任。厂办主任神色严峻地问：刘绳，厂长有生命危险吗？

　　刘绳晃晃脑袋说：不好说，说不好，不说好！

　　又有人凑过来一颗脑袋说：怎么搞的，厂长还说你是神绳呢！

　　说这话的人，是保卫处的处长，刘绳也认得。每次，胡厂长来医院，他都陪伴在左右，一惊一乍的，十分逗脸。

　　刘绳面无表情地说：你们要有思想准备，要做最坏的打算！这次，厂长可是到了鬼门关！

有个女的突然冒出来说：什么鬼门关，说话这么难听！说吧，买啥药，我马上提款！

说这话的，刘绳也认得，是财务处的处长。

刘绳不卑不亢地说：你们都不要焦躁。冰冻三尺，非一日之寒。胡厂长的病，也不是一天两天了，能用的药，我都给他用过了。实话说，他已经抗药了。

厂办主任盯着刘绳说：照你这么说，是无药可医了？

保卫处长瞪着刘绳说：怎么会抗药？责任在谁？在你嘛！

财务处长拿眼睛剜着刘绳：过去，厂长有个小病小灾的，你总是给他用最好的药！是你把厂长害了，害得厂长没药可吃了！

刘绳无话可说。有什么话可说呢？每次，厂长来看病，马屁精们前呼后拥，不给厂长用好药，他们都不答应！

厂办主任说：别癔症了，你不是神绳嘛，赶紧想办法嘛。

保卫处长说：需要献血吗？我是 O 型！

财务处长说：我给你跪下吧，我求求你了，救活咱胡厂长！

刘绳说：你们都别逼我。厂长是我的病人，厂长也是我的厂长。只要有百分之一的希望，我会尽百分之百的努力！

厂办主任说：要的就是你这个态度！

保卫处长说：态度决定一切！

财务处长说：只要感情有，说出手时就出手！

刘绳看看他们，不知说什么好！那就不说了，什么都不说了！

刘绳进了急救室。

……

胡厂长终于苏醒过来了，胡厂长能开口说话了。

胡厂长卧在病榻上，对守在身边的几个人说：阎王爷请我去开会，到了会场，哈，点了个卯，我就跑回来了！我不跑，小鬼儿就把我下油锅了。哎呀妈呀，地狱里的小鬼真是可怕，一个个青面獠牙！

少年梦·青春梦·中国梦——中国故事
[秦德龙] 不跪的人

守在病房的人，都哈哈大笑起来。

厂办主任说：您是大富大贵的人！

保卫处长说：我是准备给您献血的！

财务处长说：我都要给刘绳下跪了！

胡厂长说：是吗？为什么要给他下跪？刘绳呢？哪去了？

有人回答说，刘绳回家睡觉去了，为了抢救胡厂长，刘绳一天一夜没合眼。

胡厂长说：回头，我要当面谢谢他，亲自谢谢他！我这个人，你们是知道的，虽然，我姓胡，但我不是胡汉三的胡，我也不是胡传魁的胡！我是胡雪岩的胡！胡雪岩，你们知道吗？红顶商人！

听胡厂长这么说，人们又哈哈大笑起来。

胡厂长高兴地笑了：明天，把刘绳找来，我要问问他，这次，给我用了什么灵丹妙药?！

说是这么说了，可胡厂长却没等来刘绳。第二天早上，传来一个噩耗：刘绳死了，死在家里了！

刘绳是心肌梗死死的，睡觉睡死的。昨晚脱的鞋子，今早穿不上了。

不断地有人来说刘绳的死讯。令人难以置信的是院长的说法。院长说，刘绳患有心脏病，不是一年两年了，可他一直不舍得花钱买好药吃，他用的都是公疗范围内的不值钱的普通药！

闻听此言，胡厂长闷葫芦了。当夜，胡厂长再度昏迷了！

昏迷中的胡厂长，竟再也没有醒过来！

厂部和职工医院，为胡厂长和刘绳举办了集体葬礼。

有人叹息：刘绳是前边走的，是给胡厂长铺路的！

也有人叹息：胡厂长下地狱，还得带上个医生！

还有人叹息：刘绳，刘绳，虽死犹荣啊！

摸脸游戏

领导要和我们做摸脸游戏。领导让我们随着他的口令摸脸。"一、二、三、四,二、二、三、四……"领导的口令喊起来了,我们学着他的样子,开始有节奏地摸脸。

领导刚刚去上海参加干部培训班回来。领导一定是从培训班学的摸脸游戏,不然的话,他怎么会这么富有激情呢?我们一边摸脸,一边想,领导让我们摸脸,究竟是什么用意呢?

"停!"领导下达了停止的口令,我们把手都停下了。领导要我们互相看看。我们发现,有的人,手在脸上;有的人,手在下巴上。而领导的手,居然也在下巴上!

领导意味深长地说:"果然不出所料,这个游戏,能分出来两种人。"

接下来,领导开始给我们批讲摸脸游戏。

"我让你们摸脸,可我却一直在摸下巴。你们有些人,和我一样,也在摸下巴。而另一些人,则一直在摸脸。这个游戏表明,有些人在看领导怎么做,有些人在听领导怎么说。你们说,领导该重用哪种人?"

摸脸的人,都低下了脸。

摸下巴的人,都扬起了下巴。

啥都甭说了,领导的意思很明白,领导欣赏那些跟着他做的人。领导喊了一声，就把那些摸下巴的人喊走了，喊去喝酒了。剩下我们这些摸脸的人，黑着脸发傻。教训啊教训，不但要看领导怎么说的，更要看领导怎么做的！

我们记住了这个摸脸游戏。如果，再有摸脸的机会，我们知道该怎样做了。

领导重用了那些摸下巴的人，很快就有了业绩，三个月一个小变化，五个月一个大变化，到年底的时候，领导就被提拔走了。领导走的时候，带走了几个摸下巴的人。

来了新领导。

新领导一来，我们就知道了，他和调走的领导一样，都参加过上海的干部培训班。很自然的，我们都认为他会玩摸脸游戏。

果然，新领导一来到，也和我们玩摸脸游戏了。

我们随着新领导的口令，开始摸脸。"一、二、三、四，二、二、三、四……"再次做这个游戏，我们深谙此道，做得准确无误，并煞有介事。我们密切关注着新领导的举动，当他喊"停"的时候，我们的手都停下来了，和他一样，停在了下巴上。

新领导望着我们，表情很诧异。"你们做过这个游戏？怎么和我一样，摸的都是下巴？"

"做过。"有人举手发言，告诉新领导，以前做过这个游戏，原领导重用了一批摸下巴的人。

新领导笑了："哈哈，我知道了。好，让我们继续摸脸。一、二、三、四，二、二、三、四……"

我们一边摸脸，一边注视着新领导的手，看他会有什么变化。果然，新领导一会儿摸脸，一会儿摸下巴，变化多端。他摸脸，我们也摸脸；他摸下巴，我们也摸下巴。和他保持一致，免得他耍花招。

摸着摸着，新领导喊了声"停"。不等他的声音落下来，我们的手都落在了下巴上。我们紧张地想，新领导的手，一定会落在下巴上。

果然，新领导的手，落在了下巴上。

新领导笑道："看来，你们太紧张了。来，让我们放松一下，做个深呼吸。开始——闭目冥想，气沉丹田，呼——吸——呼——吸……"我们的身心放松了。有人向体外排气了，虽然细声细语的，但大家都听见了。于是，新领导和我们一起开怀大笑。

新领导又让我们做摸脸游戏。

我们随着他的口令，继续做摸脸游戏。他摸哪儿，我们就摸哪儿，摸了一遍又一遍。当他喊"停"的时候，我们的手又齐刷刷地滑落到了下巴上。嘿嘿，我们，我们还是比新领导快半拍！

新领导欣慰地笑了。

每天，新领导都要我们跟着他摸脸。不，准确地说，是摸下巴。他让我们摸脸，其实就是摸下巴。每次，我们都会快半拍，他喊"停"的时候，我们的手，都会先他半拍，滑落到下巴上。

新领导的工作很顺利，一呼百应，很快就显山露水了。新领导搭上了提拔的快班车，也高升走了。

走的时候，他请我们喝酒。他给我们端酒时说："怎么样，我把你们训练得像一个模子倒出来的，全都是快半拍！"

我们却在想，下一任领导，会不会也和我们玩摸脸游戏呢？如果，他真的要玩，怎么和他玩呢？

寻找钟声

蜗居在闹市的一隅，我的心里充满了烦躁。烦躁什么呢？作为一只麻雀，有什么理由，对繁华的都市表示烦躁呢？

让我烦躁的是：都市里缺少钟声！

我飞啊飞，每天都在寻觅那种可以出世的钟声。可遗憾的是，我所飞过的地方，几乎听不到任何钟声。

在这座国际化大都市里，人们行色匆匆，皆为物欲，皆为俗欲。人们根本就不在意我这只麻雀，也更不在意是否能听得见钟声。说来说去，我也是在替人类担忧呢。

不过，我还是要说，我真的希望能听见钟声。钟声，能让这个世界的节奏变缓，能让人们的脚步下意识地慢下来，能让人们的神色在瞬间沉静，能让大千世界获得新的平衡。

这就是一只麻雀最朴素的想法。我是怀着对世界的热爱，对各种物种的热爱，才说出这番话的。不然的话，我就化作一只蝴蝶了，扑向那缓缓燃烧的蜡烛。

终于，我找到了一处可以寄托情思的地方——钟表店。我相中了这个地方，是因为我看见了钟表。我以为厮守在这里，可以享受到悠扬的钟声了。可是，我错了，到这里的第一天，我就发现自己错了。那些钟表，几乎都不会奏响古老的神韵，报时的方式竟是人类的语音提示："您好，现在是 XX 时间 X 时整!"

"愣什么呢？还不快去招呼客人?!"老板朝我吼道。

我明白是叫我呢。此时的我已由一只麻雀演变成了一个店员。我的任务是，向尊贵的客人推销钟表，包括世界各地的名牌手表，还有那些仿古座钟。我的业绩，连我自己都不满意。因为，我卖出去的钟表，没有任何一个能敲钟报时，而全是用语音提示。

我曾不止一次向老板建议，弄一些有钟声的钟表过来卖。老板瞪着眼睛凶我："说什么呢？你是从古代来的吗？我告诉你，古代人普遍素质不高! 不要再和我提什么钟声不钟声了。你用屁股想一想，都会明白，如果每只钟表都定时闹腾，不是超分贝的噪音污染吗?"

"老板，我不是古人，但我喜欢古人做的诗词。有钟声听，是多么美妙的一件事啊。因为，钟声有节奏。太阳的升起落下，都有节奏。春夏秋冬的到来，也是有节奏的啊……"

"住嘴，不要再和我谈论这些! 你是来打工的，不是来玩浪漫的! 你不知道吗？火车提速了，飞船上天了! 时间就是金钱，时间就是效率!"

"可是，人生总是有缓有急，有快有慢啊!"

"还不住嘴?! 尽是些虚无缥缈的东西，当饭吃？当水喝？我宣布，从明天起，你迟到 1 分钟，扣款 50 元，迟到 10 分钟，扣款 500 元!"

听老板说这种话，我几乎被气傻了。从麻雀变成人，我容易吗？每天上班，要换乘 3 次公共汽车，塞车是难免的事。老板这么刻薄，还有我的活头吗？

我掴了自己两个耳光，谁叫我多嘴呢。

我决定离开这家钟表店了，总不能让老板扒掉两层皮吧？我心里所向往的那种优雅的生活方式，每天享受钟声的生活方式，老板是不会给我的。

寻思良久，我终于放弃了做人的奢侈，让自己变了回去，变成了一只随意飞舞的麻雀。

我以麻雀的身份，来到了一家咖啡馆，躲在角落里，悄悄地欣赏着这里优美的情调。烛光温馨而朦胧，柔和而舒缓，浪漫而富有诗意。令人欣慰的是，烛光与钟声竟有异曲同工之妙，它也在为世界减速，也在让地球的旋转缓慢下来。

我看见了意想不到的事情——我炒他鱿鱼的那家钟表店老板，拥着一位美女走进了咖啡馆。不久，奇迹出现了，老板和他的情人，饮着咖啡，居然开始谈论唐诗宋词了。他和她，你一句，我一句，互相对吟着："月落乌啼霜满天"，"江枫渔火对愁眠"，"姑苏城外寒山寺"，"夜半钟声到客船"……

我激动极了，竟忘记了自己是一只麻雀。我在他们面前舞蹈了一阵子，然后，义无反顾地扑向了熊熊燃烧的蜡烛。

当我的灵魂化作一股青烟时，我听见地狱里的钟声响了：咣——咣——咣……

钟声深远而悠长。我的灵魂就留在了这里。

到乡下睡麦草

　　本周末，驴友金赤金已经盘算好了，加入"睡麦草"小组，到乡下去睡麦草。周五的下午，他就和驴友们出发了，骑着摩托车，呼朋引类，去了乡下。

　　农家乐的主人，已恭候多时了。驴友们一到，主人就给他们安置好了睡觉的地方。三堵墙、一个屋顶，外加一堆干草。驴友们撒着欢，学着驴打滚，在麦草垛上滚来倒去。太好了，太柔软了，驴友们高兴得如同八辈子没当过农民。

　　金赤金问："我们总不能一来就睡觉吧？总该搞点采风活动吧？"

　　驴队长说："活动都安排好了，先交住宿费和活动经费吧，每人30元。"

　　驴友们纷纷解囊，把钱交给了队长。队长一转手交给了农家乐的主人："老乡，该怎么安排就怎么安排吧，一定要原汁原味啊。"

　　农家乐的主人笑道："保你们吃得高兴，玩得开心，跟我来吧。"

　　驴友们跟在后面，来到了一片葡萄架下。农家乐的主人说："第一个项目，摘葡萄。你们想怎么摘，就怎么摘，但只能往嘴里摘，不能往家里摘！"

　　好啊，直接从葡萄架上摘葡萄。驴友们都乐了，一个个变成了猴子，上蹿下跳，摘起了葡萄，一边往嘴里丢，一边逗着乐趣，金赤金说起了绕口令："吃葡萄不吐葡萄皮，不吃葡萄倒吐葡萄皮……"

他真的比别人更高兴。他最爱吃葡萄了，单位里组织"吃葡萄不吐葡萄皮"比赛，他曾获得过冠军。金赤金向队长建议，就地搞个吃葡萄比赛吧？

队长笑道："玩的项目多着呢，还是保存体力，留着参加后面的节目。"

吃够了葡萄，农家乐的主人宣布："下面是刨红薯、挖花生比赛。工具在地头呢，你们自己拿。谁弄得多，谁就是冠军！好了，开始吧！"

驴友们嗷一声叫，四下里散开了，有的去了红薯地，有的去了花生地。

金赤金去了红薯地。刨红薯，他不外行。每年秋天，红薯下来的时候，他都要骑着摩托车，带上老婆，到乡下遛红薯。遛红薯，就是在老乡刨过的红薯地里，翻捡些"残瓜剩枣"。

比赛的结果，金赤金弄了个刨红薯冠军，队长弄了个挖花生冠军。

农家乐的主人望着大家说："时候不早了，该吃晚饭了。晚饭就是蒸红薯、煮花生。请大家分享自己的劳动成果！"

驴友们都说好！真是太好了！城里的大鱼大肉早就吃腻了，能吃上自己亲手刨的红薯、挖的花生，比吃什么都好！

晚饭很快就做好了。只有蒸红薯、煮花生，没有大米白面，也没有鸡鸭鱼肉。驴友们一哄而上，吃得红光满面。金赤金也吃了个肚儿圆。可他还是觉得应该喝点什么。于是，就问："老乡，是不是让我们喝井水呀？"

农家乐的主人笑了："哪能呢！瞧见了吧，那边有几只奶羊，去喝羊奶吧！随便喝，想喝多少，羊奶就有多少！"

金赤金问："咋喝呀，抱着羊喝？捧着奶头喝吗？"

队长笑道："笨死你了！不会挤到茶缸里喝？当然，你想搂着母羊喝，大家也没意见！"

驴友们"哄"一声，全笑了。

几只奶羊望着这些驴友，显出了几分骚动与羞涩。

驴友们纷纷找了茶缸，奔到了奶羊身边，在主人的示范下，挤了羊奶。然后，吧咂着嘴，一口一口趁温喝了起来。喝得有滋有味，有声有色。

喝完了羊奶，天已经黑了下来。驴友们去了睡觉的地方，发现有几头耕牛正在栏里嚼草。大家这才知道，他们睡觉的地方，原来是一间牛棚。也就是说，夜里，要和耕牛睡一起了。也好，过去，生产队的饲养员，不就是睡牛棚吗？还有，搞运动时，那些大干部、大艺术家，不也是睡牛棚吗？

驴友们兴奋极了，躺在牛棚的麦草垛上，有说有笑。好啊，真是好，晚风习习，神清气爽，舒筋活血，不得脚癣……不知是谁，亮开嗓门，唱了起来："我们坐在高高的谷堆旁边，听妈妈讲那过去的事情……"

一人唱，众人合，唱完了"谷堆"，又唱"让我们荡起双桨"，唱了一首又一首，一首接一首，都是怀旧的歌曲。这种歌子很久没唱了，唱起来特别上瘾。

驴友们都陶醉在美好的夜色里了。

金赤金也在唱，唱得很动情，唱得泪流满面。

那几头吃草的耕牛，停止了咀嚼，竖着耳朵，听驴友们唱歌。

不知过了多久，驴友们唱累了，卧在温暖舒适的麦草垛里，进入了酣睡的梦乡。金赤金竟然还做梦了，梦见了《格林童话》里的白雪公主、青蛙王子、小红帽、大拇指和三个小矮人……

驴友们一直睡到日上三竿，太阳照到了屁股上。而那几头耕牛，早就被主人赶着去"日出而作"了。

许多天后，"睡麦草"小组的驴友们，发现城市公园里多了一道"农家乐"的风景。他们见到了来自乡下的牛棚、耕牛、麦草、红薯、花生、葡萄……还有那位眼熟的农家乐主人。

这道风景，既让人眼熟，又让人陌生。

这也许就是个神话

　　白专员回到了阔别三十年的山南县。韩县长特设盛宴款待老领导，天上飞的，地上爬的，水里游的，应有尽有，一桌子鸡鸭鱼肉，勾得人口水直流。

　　然而，白专员却对这些不感兴趣，甚至说了些微词。白专员说，老鳖汤不能喝，因为老鳖喂了避孕药；鸡子也不能吃，因为养鸡场给鸡喂了增肉精；绿黄瓜也不能吃，因为它是塑料大棚里的反季节蔬菜……

　　听白专员这么一批讲，酒宴就不好进行了。韩县长只好带头动筷子，给白专员夹了几道没受过批评的菜，又说了几个笑话，提升欢乐的气氛。

　　白专员还算给面子，说归说，吃归吃，并没有罢宴。白专员喝着酒，动情地讲述了自己与山南县的三十年情谊。三十年前，山南县是白专员的工作联系点，一年四季，人们总能有几天看到白专员的影子。农村工作看上去简单，其实却很复杂，传统观念根深蒂固，农民多是抱着葫芦不开瓢。有一年闹鼠灾，白专员从地区弄来了一批特效老鼠药，免费发给农民。可是，农民却把老鼠药退回来了，宁肯使用陈旧的鼠笼、鼠夹子。还有一年，推广化肥，农民拒绝使用。农民捏一撮放嘴里尝尝，味道很不好。农民说，味道这么臊，庄稼能吃得进吗？于是，把化肥倒掉，化肥袋子拿回家染黑，做裤子穿了。那时候，很多农民都穿过化肥袋子改制的裤子，尽管染黑了，屁股上的"尿素"、"毛重"等字体，依稀可见。

追昔抚今，白专员不胜感慨。韩县长不住地劝着酒，同时，命人悄悄换菜，撤下了鸡鸭鱼肉，换上来一道道鲜亮的农家菜。白专员夹了几筷子，很是爽口，问韩县长："哪来的农家菜？味道真香！"

韩县长说："咱县有人专门弄这个。老领导若是感兴趣，可以去看看。"

白专员笑道："要看，要看！就冲这绿莹莹的农家菜，咱就得去看看！"

酒席过后，韩县长请白专员上车，往乡下去了。

车窗外的青山绿水，白专员是很熟悉的。当年，一次次走过的山路，牵扯出一缕缕难忘的情思。

车子停在一个小村庄的村口，早有一群乡亲在大树下恭候。现在，消息传递得很快，一个电话打过来，村里人就知道上级要来"调研"了。

白专员下了车，竭力辨认着村庄的模样。也许，是自己真的老了，竟想不起这个似曾相识的村庄叫什么了。有个老汉扬着笑脸说："白专员，走了多少年了？把俺忘了？"

白专员望着这张笑脸，努力地回想着，却怎么也想不起来对方是谁。

老汉还在笑："想一想嘛！当年，是谁把老鼠药给你背回去的？拒绝使用化肥，又是谁挑的头？是我嘛！你派人把我抓到公社，要把我打成坏分子呢！"

白专员脸一红。想起来了，面前的这个人，外号叫老黑。白专员伸出一双手，紧紧地握住老黑说："老黑哥，委屈你了！"

老黑说："受点委屈算啥？我保住了这一方水土！老白，你看看，只有我们村的土地，没有受过药水和化肥的污染！若是当年听了你的话，早完蛋了！"

白专员的耳根一阵阵发烧。韩县长在一旁说，这个村，是县里唯一的绿色村庄，中午吃的农家菜，都出自这里。就凭着这个优势，村里已经脱贫致富了。

"真是个现代神话啊!"白专员感叹不已。

老黑说:"可不是嘛,当初若是不敢当反面教材,哪会有今天的神话?!"

有一种果实叫怀疑

也许是读书读得多了，王科学的心里长出了一种果实，这种果实叫怀疑。在周围的人看来，王科学成了怀疑一切的人。好在，现在不是"打棍子、扣帽子"的年月，人们顶多对他敬而远之。当然，王科学是理直气壮的。因为，在书本上，他发现了马克思最喜欢的名言：怀疑一切。王科学骄傲地宣称："怀疑精神是科学的精髓！"

他怀疑什么呢？首先，他怀疑科学。王科学认为，一切科学的结论，都必须接受实践的检验，这才是科学发展观。听他这么叽叽呱呱地怀疑科学，人们让他举例说明。现在，谁都不是傻瓜，不拿出事实来说话，没人相信。

王科学是这样举例说明的："世界上普遍应用的炸药，是中国人发明的火药吗？"

人们马上笑了："这还用怀疑吗？火药是中国的四大发明嘛。"

王科学板下脸说："必须怀疑。我告诉你们，现在普遍应用的炸药，是瑞典的诺贝尔先生，经过无数次实验后合成的黄色物质，是在特定条件下，由特定化学元素合成的结果。"

听他这么说，人们面面相觑。人们从来没听说过现在应用的炸药是诺贝尔的研究成果。

王科学开始给人们上课了："科学不是信仰，信仰不是科学。不要迷信和崇拜任何东西。科学是理性，理性不能代替感性。科学的对立面是谬误，是伪科学。"

见他这么较真，人们都笑了。有人笑着问："王科学，您长相这么英俊，这也是科学吧？"

"你错了，你把'科学'这个词，当成话语霸权了。话语霸权主义，是危险的。我告诉你，科学解决不了美，科学解决的是求真。"

"王科学，那你说说，怎样的美，才算是科学的美呢？"

"美，并没有一定的标准。如同所有的科学结论，需要放在实践中不断地检验。例如，在封建社会中，中国女人以小脚为美；而现在，则以染黄头发为美。"

"哈哈，你说得真玄，太复杂了。"

"如果我们有怀疑的目光，科学就会把世界简化。"

"你越说，越复杂了。"人们瞅着王科学，用复杂的目光瞅着王科学。在人们的心目中，王科学这家伙真复杂，大脑复杂，思路复杂，语言复杂，行为复杂。

王科学依旧严肃地说："我要证明给你们看，科学会把世界简化。同时，我要证明，'怀疑一切'，才是科学的态度。"

王科学举起一杯水说："这是什么？水。水的沸点是多少？对，摄氏100度。冰点呢，理论上是摄氏0度。可是，我现在怀疑这个理论。我认为，水的世界是奇怪的，是千姿百态的。我要通过探索来证明，100度不沸，零度不结冰。"

听他这么说，人们都好奇地睁大了眼睛。又有一些人围了过来，争相目睹王科学充满怀疑精神的表演，充满科学态度的表演。

王科学把大家请进了实验室。众目睽睽下，王科学经过一番操作，取出了一份"过热水"和一份"过冷水"。王科学告诉大家，这两种水，都是超纯净水。众人惊异地看到：超纯净水加热到100摄氏度不沸，降温到零下40摄氏度不结冰！

众人啧啧称奇。王科学矜持地说："怎么样？我的怀疑没有错吧？问题并不复杂，只需要我们具备怀疑的目光。换言之，科学的过程会将世界简化！"

众人唏嘘有声，重新打量着王科学，发现他很洒脱，发现他真是个与众不同的家伙。

人们都知道了王科学是个"怀疑一切"的人，而且，是个能证明"怀疑一切"的观点是正确的人。而且，还从王科学那里知道了，"怀疑一切"的观点是由法国著名数学家、哲学家笛卡尔提出来的。笛卡尔说的，当然具有权威性了。

王科学就成了公众人物，被某大学请去开讲座了。

到了大学，王科学才知道，这次开讲座，还请了一位张文学。为了增强互动性，讲座的方式是"王科学 VS 张文学"。说白了，就是王科学代表"科学派"，张文学先生代表"人文派"，展开思想交锋。王科学首先阐明了"科学派"的观点，张文学则亮明了"人文派"的理论。接下来，两派开始了激辩：王科学认为"人文派"太浪漫，张文学认为"科学派"太现实；王科学认为"人文派"少智商，张文学认为"科学派"少思想；王科学认为"人文派"太悲观，张文学认为"科学派"太乐观；王科学认为"人文派"杜撰自由，张文学认为"科学派"消解责任……

双方唇枪舌剑。讲座引起了轰动，大学讲堂里掌声如潮。

讲座结束后，校长执意留下王科学和张文学共进午餐。校长意味深长地说："什么是大学精神？就是大学自治。没有怀疑一切的态度，就没有学术思想的独立和进步。"又转向张文学说："你说呢？张先生？"

张文学谦虚地说："我说什么呢？我是校长请来的陪练！"说着，用手指指王科学，笑了。

王科学也笑了："其实，张先生一出场，我就怀疑他的身份了！说句实话，我是因为怀疑一切，才有饭吃的！如果没有独立思考，我能成为大学的座上宾吗？所以，我相信'怀疑一切'这句话是永远正确的。"

π 是个哲学符号

他是个 π 迷。小时候，他就迷上了 π。可以说，π 像影子似的，牢牢地粘住了他。π 是个什么东西呀？π 是个无理数呀。π 这个无理数，神奇的很呐，它的真值是一个无限不循环小数：π =3.1415926535897952384626433……

这样一个无限不循环小数，将他迷得魂不守舍，颠三倒四。从数学老师那里，他知道了古今中外许多有关 π 的故事和数学家。中国的刘徽、祖冲之，古希腊的阿基米德、托勒密，伊斯兰的阿尔·卡西，法国的韦达，德国的林蔓……一代代数学大师探究了 π 的无穷奥秘，新的纪录不断诞生。而他们的探索，正像 π 这个神秘的数字，永不循环，永无休止。

π 迷喜欢上了 π，每天都在想 π。π 迷甚至能一口气背出来 π 的 36 位、48 位、62 位……他痴迷的样子，常常被人讥笑为"可爱的数学小傻瓜"。

迷上了 π，做事就难免出格了。有一天，他把家里的东西，凡是能锯开的圆形东西，都锯开了。后来，他的解释是要研究圆周与直径的关系，π 究竟是什么？为什么是没完没了的 3.1415926535897952384626433……呢？家里的一片狼藉，把家长气坏了。家长找到数学老师说，这是您教出来的学生，您说怎么办吧？数学老师笑道："培养学生的兴趣和爱好，有什么不对的吗？"

数学老师把 π 迷叫到了办公室，摸着他的脑瓜说："其实，你只要计算到 3.1416 就够用了。你用不着破坏家里的东西，寻求 π 的尾巴。"

π 迷看看老师，什么都不说，默默地走了。

老师就不再管他了。就像一个有主见的农民一样，撒下了种子，就不再管它了。因为，老师相信，好的种子，总能破土而出的，总能依靠自身的免疫力，排除杂草和疾病的干扰，长成丰满的果实。

许多年后，π 迷坐着轿车，重返了母校。他的身份，并不是数学家，而是哲学家。校长，也就是当年那位数学老师，拉着他的手，亲切地摇晃着。校长问："想不到啊，你真成人物了！怎么样，π 的尾巴，抓到了吧？"

π 迷哈哈大笑："幸好，我没揪住 π 的尾巴。否则的话，我就陷到 π 的泥坑里了，拔不出来了！据最新的资料表明，日本数学家利用计算机，将 π 计算到了 515 亿位！我的脑壳，怎能转过计算机呢？"

校长说："但我想，你与 π，是不会绝缘的！π 曾经那样深入地进了你的骨子里。"

π 迷笑了："是的，我还是成了 π 的钟摆，一边是哲学，一边是艺术。哲学是理性的，呆久了，我会麻木；艺术是灵性的，时间久了，我会烧焦。就这样，π 让我在哲学和艺术间摆来摆去。说白了，我把哲学当艺术做，才不断地获得了哲学的真谛。是 π 给了我探索的动力和超越一切的想象。"

校长深有感触地说："数学的文采，往往表现得简洁，寥寥数语，便道出自然界的基本法则。你从数学中汲取了营养，是 π 给你插上了想象的翅膀，你由此获得了抵达哲学彼岸的桥梁。"

π 迷笑了："是的，依照数学家创造的公理、公式，只要逻辑正确，完全可以发挥自由想象，让想象的翅膀超越时空，飞向自由王国！"

校长笑道："说得好，你是母校的骄傲啊！想当年，我作为你们的数学老师，只要求学生没完没了地解析数学难题，恨不得把所有的学生都培养成解题高手！"

π迷说："如鱼饮水，冷暖自知。我当初受益最深的，还是数学啊！校长，您是知道的，勾股定理有 10 个以上的不同证明方法，等周不等式也有五六种求证方法。不同的证明，是让人们从不同的角度理解同一个事实。这样做，不但引导了数学的发展，更重要的是，激发了人们丰富的想象力和创造力！"

校长说："正是这样，直追数学的本源，可达到高超的意境！"

π迷谦虚地说："校长，我对 π 充满了感恩，充满了敬畏！为了答谢母校，我带来一件礼品，请一定笑纳。"说着，他把礼品从轿车里取出来，呈送到校长面前。

校长的眼睛一亮。华美的镜框内，装帧着一幅刺绣作品。那是一个漂亮而又雅致的数学符号——π。

π迷动情地说："π，是我们成长的哲学符号啊！"

写日记的人

　　从小，他就是个爱写日记的人。文字真是太神奇了，可以描述人生的壮丽，可以记录心中的秘密。许多奇妙的感受，在日记中被记录下来，他成了一个内心丰富的少年。

　　因为爱写日记，他的文字功夫就好，写出来的日记常常被老师作为范本在课堂上朗读。这样，同学们就知道他心中藏着的那些秘密了，甚至拿这些秘密嘲笑他、挖苦他。于是，他不再把自己的日记拿给老师看。可他没想到，老师看不到他的日记了，父母却在偷看他的日记。父母这么做的理由很简单：关心儿子。

　　终于，有一天，他发现了父母的恶习。他对着父母叫道："请你们尊重孩子！"

　　父母奇怪地看着他。这孩子，难道父母关心你不对吗？

　　他开始对父母不信任了、防备了、甚至仇恨了。他把这些情绪全都写进了日记里。只有在日记里，他才会将自己的烦恼宣泄一空。他把日记本藏得更加隐秘了，不让父母能找得到。其实，父母已经知道错了，已经知趣地不再做任何偷看的事情了。在这件事上，父母倒像是犯了错误的孩子。

　　日记伴随着他度过了童年，步入了青年。他常常在日记里和自己谈心，和自己交朋友。他喜欢独处。他认为，独处是营造自我的生存空间，是和自己的灵魂交谈。独处的时候，他静静地沉思，把思考写进日记里。当然，此时的日记，已经不是流水账了，而是与灵魂的对话。

与灵魂对话，是一件很惬意的事情。他常常想，世界上最优秀的人，就是那些能够与灵魂对话的人。可是，最优秀的人，却往往会被人们孤立。没人愿意与他来往，似乎都怕被他看穿心里的秘密。他成为一个大龄青年后，父母很为他的婚事挂牵，托了许多人给他介绍女朋友。可那些女孩子一听说是他，马上就尖叫起来："呀，这个人，是深水炸弹吧?!"

父母要求他放低姿态，不要与大众格格不入。

说实话，他心里也渴望异性。于是，他把自己的状态做了调整，显得入世了些。这样，便有女孩子肯和他约会了。和女孩子处到一定火候时，他很动情地在日记里写道："有了爱情，我成了世界上最幸福的人。"

多么直白呀，这个被孤独宠坏了的傻瓜青年。

婚后，他渐渐地被柴米油盐的琐事淹没了，淹得透不过气来。他岂能甘于自毙呢。于是，他又爬进了孤独的大海，成为远洋的孤帆。他又在日记里和自己谈心了，与自己的灵魂交谈。我是谁？为何来此处？灵魂的归宿在哪里？诸如此类的问题，时常困扰着他，使他不能自拔。当然，在日记里书写这些的时候，他是诚实的，他把这看做是灵魂生活的重要方式。很自然的，他也会感到些许不安。因为，他知道有另一双眼睛在盯着他。这就是自己的太太。万一，太太看到了他写的日记，会有什么后果呢？

成了家的男人，一般都比较成熟了。他写了两份日记。一份是太太能看到的，一份是太太看不到的。可是，后来太太还是把那份不该看到的日记翻出来偷看了。太太看过日记后，爆发了雷霆万钧之怒。若干年后，他看到了托尔斯泰的故事。他的有关遭遇，竟与托翁惊人地相似。

好在他不是托翁，太太也不是托翁之妻那一类人。太太只和他吵了一架，并未将他赶出家门。他也未步托翁的后尘，惨死于某个小火车站，成为捍卫私人日记、捍卫灵魂生活的烈士。

不吵不闹非夫妻。日子还得过。太太倒显出了另一种大度，不再偷看他的日记了，认为他写日记不过是画饼充饥、纸上谈兵。可他，却忍不住像托翁那样，将自己变得更加深刻了。他不但用写日记的方式同灵魂对话，而且用阅读的方式，同世界上、历史上那些伟大的灵魂相处，同他们进行交流。一个人的灵魂成长是需要养料的，世界大师的灵魂就是他最好的养料。他深入进去了，品尝了那些养料。快乐的感觉真是太强烈了，太美好了。

他成了一个精神富翁。

后来，他有了儿子。可是，儿子将他视作另类。他写的日记摆在儿子面前，儿子看都不看一眼。

庆幸的是，他有了孙子。孙子识字了，很喜欢看爷爷写的日记。可孙子却把自己写的日记藏得严严实实，不给任何人看。

作为爷爷，他慈祥地微笑着，充满了耐人寻味的神性。

流浪的人

　　我离开祖国苹果国，流浪在西瓜国的街头，不知该怎样求助。语言不通啊，就是想找警察局问路，也摸不着大门朝哪开呀。

　　既然找不到警察，那就让警察来找我吧。

　　于是，我在马路上制造了一个低级错误。我大胆地横穿马路了，将滚滚车流断在了我的面前。

　　果然，警察从天而降。警察看看我，用苹果国话说："先生，您是从苹果国来的吧？只有你们苹果国人，才会犯这么低级的错误！"

　　好眼力，警察一眼就辨明了我的国籍。

　　开过罚单，警察转身而去。我也没必要打扰警察了。真的，警察启发了我。我已经知道怎样在西瓜国找到能够帮助我的人了。也就是说，我只需找到那些去过苹果国的人，这些人将成为我的亲密伙伴。

　　茫茫人海中，怎样找到那些人呢？何况，西瓜国人都是蓝眼睛、高鼻子，咋看都是一个鹰样。

　　呵呵，办法当然会有的。

　　我站到了一个公共汽车站牌下，站牌下有一些西瓜国人在等车。要从他们当中找到去过苹果国的人，我胸有成竹。很快，汽车开过来了，多数乘客按次序上车，可偏偏就有那么两个人，不排队，往上挤。哈哈，就是他们了，他们一定是我要找的人！

为了验证我的判断，我也上车了，并注意观察这两个挤车的家伙。果然，不出所料，这两个家伙，一上车就抢座位，抢到了两位老人的前面。没错，就是他们了。他们一定去过我们苹果国！

汽车走了几站，这两个家伙下了车。我也随着下车了。我叫住了他们："哥们，你们去过苹果国吧？"

两个家伙点点头，上下打量着我。其中一个胖子用苹果国话说："先生，你怎么知道我们去过苹果国？"

"你们挤公共汽车，你们上车抢座位。就凭这两条，我断定你们去过苹果国！"

"哈哈，朋友，您猜得对，我们是去过苹果国。"胖子笑了起来，"我们在苹果国生活了两年，学会了苹果国人的生活方式——变通，一变就通！"

另一个瘦子也笑道："是的，苹果国人的生活方式，充满了辩证法！"

我也笑了，他们说的很对，他们掌握了苹果国人的某些精髓。

胖子和瘦子请我喝了咖啡。我总算在西瓜国有了朋友。我想，按这个思路找下去，我一定会找到更多的去过苹果国的朋友。

后来，我在西瓜国的公共场所找到了这样一些朋友：高声喧哗的人、袒胸露臂的人、乱丢垃圾的人、随地吐痰的人、撕空白介绍信的人、乱开发票的人、贴小广告的人、办假证的人……这些人都去过苹果国，都有在苹果国生活半年以上的经历。没错，他们听说我来自苹果国，很快就成了我的朋友。我在西瓜国简单而快乐地生活，得到了他们的热心帮助。

在胖子的倡导下，这些去过苹果国的人，成立了一个联谊会，并拥我为名誉会长。是的，我理解他们的心情，他们喜欢苹果国，喜欢苹果国的生活方式。他们说，苹果国人不拘小节，让人感到幸福、快乐和自由！

作为名誉会长，我会经常给这些西瓜国朋友上课。每当上课的时候，我总要温文尔雅地告诉他们，应该遵守交通规则、上车要给老弱病残让座、排队时不要加塞、公共场所不要喧哗……这些西瓜国朋友听我讲这些，总要哈哈大笑。他们用怪异的目光看着我，仿佛我是个不可思议的人。有一次，他们和我展开了激烈的辩论。胖子瞪着我说："先生，这些缺点，都是我们在贵国学到的。请您不要忘记，您正是利用这些缺点，才找到了我们这些朋友！"

我板下脸说："没错。但我现在就是想帮你们洗澡，洗去你们从苹果国带回来的灰尘。"

"您真是可爱！"胖子嘲笑着我。他打了个呼哨，其他人跟着起哄，将我赶下了讲坛。

没办法，我去了另一个国家。

身处异国，举目无亲。我只好故伎重演，寻找那些去过苹果国的人。是的，很快，我就找到了这样的人，并和他们交上了朋友。

以后，我到过许多国家，即便语言不通，只要我站在大街上，一眼就能认出谁去过苹果国。可以说，有了这张王牌，我便有了走向世界各地的通行证。

许多年后，我回到亲爱的苹果国，惊奇地发现，人人谦和有礼，处处鸟语花香。我选择了在国内定居，而不再去世界各地流浪。作为一个老归侨，我对国人身上的那些缺点熟视无睹了。有时候，我会想起来那些可爱的异国人，他们将我们的缺点发扬光大，真是让我感慨。

慢生活

    M 先生是个生活节奏缓慢的人。每天清晨，骑一辆老掉牙的自行车，到单位上班。别人呢，风尘仆仆地乘公交或打出租，比比他那副慢吞吞的样子，恨不得发疯。

    "喂，龟兔赛跑啊?"有人看不过眼去，拉下车窗嚎叫。

    M 先生笑笑，弯着腰，蹬着车，保持着千年不变的慢速度。

    没办法，M 先生就是这样一个慢性子的人。当然，骑车上班，也是因为离家不算太远。倘若离家远的话，他会重新找一份离家近的工作。"丑妻近地家中宝嘛。"M 先生说。

    这可就是老农民的思想了。

    没错，就是老农民的思想支配着他。你看看他家里吧，三五牌座钟、华生牌电扇、红灯牌收音机……还有他骑的那辆永久牌自行车，都是上个世纪的老古董。可他用着这些老古董，很顺手，很得法。他这种"慢三拍"的节奏，就像是在慢慢流淌的湖水中摇橹，悠然自得。

    该说说他的老婆了。当然当然，他老婆是那种貌不出色但却贤惠的普通女人。他老婆蒸馍、烙饼、擀面条、包饺子，样样都行；缝、补、浆、洗、纳鞋底，样样都会。所有这些，都是那些追求时尚的城市女人不能比的。老婆不但会做，还很会节省，晚上看电视，连灯都不舍得开。能省一度电就省一度电，能省一滴油就省一滴油，能省一碗水就省一碗水，省下来的钱，还不都是自己的？"不是一家人，不进一家门"，说的就是这对夫妻。开源又节流，日子的节拍虽慢，却也过得有滋有味。

在单位里，M先生绝对是个慢状态的工作者。他通常不用电脑，也不用计算器。他用钢笔写字，用算盘计算。此外，他还有一手很漂亮的毛笔字。通常不露，偶尔露露，一笔一画都充满着对方块字的敬重。他说："汉字就是让世界慢下来的，人、天、地、道合一，欲速则不达！"他这么说，没人敢随便和他搭腔，生怕坏了他那慢条斯理的气脉。

下班后，M先生不去蒸桑拿，而是去泡大澡堂子。泡过澡，也不去练歌房嚎叫，而是骑着自行车，规规矩矩地回家。一边骑，一边观赏马路两旁的景色，慢慢体悟人生的百种况味。

"M先生，快回家啊，嫂子跑了！"熟人见了，这么逗他。

"哈，老夫老妻喽，别人抢不走的！"M先生慢得像蜗牛。仿佛他行走在小桥流水间，享受着"闲看棋子落灯花"的雅致。

晚饭后，和老婆小叙一会儿，他就独自出门遛弯儿了。他一步一个脚印地在街上走着，很容易就让人联想到默默无语的老黄牛或在冰冻的伏尔加河上埋头拉车的老马。他一边走，一边漫不经心地随意遐想。想什么呢？他也不知道，如一片彩云，飘到哪儿算哪儿。有人从他身边走过，总要羡慕地说："穿双老布鞋，赛过活神仙！"

M先生平视着对方，平静地笑着："当个老百姓，望着红绿灯，一步一步慢慢摇呗！"

一位熟人忍不住要和M先生辩论辩论了。"M先生，我认为您的慢状态并不可取！现在是竞争的年代，时间就是效率，时间就是生命，只争朝夕，才是踏浪者的品质！不然的话，怎么能做得更快、更高、更强、更好呢？"

M先生笑道："车得慢慢开，路得慢慢走，书得慢慢读，饭得慢慢吃。当我们为生活疲于奔命的时候，幸福已离我们远去。要知道，精神生活从来就是缓慢的。精神生活的慢，才会使我们精神饱满、状态从容啊！"

熟人讥笑道:"看起来,你最适于到山坡上放羊了,最适于到农村吃粗粮了!"熟人又半真半假地说:"换个国际话题聊聊吧。你听说没有,有个国家政变了,国家元首被枪毙了!你有什么看法吗?"

　　M 先生摆摆手说:"别问我,我脑子慢,跟不上国际形势!"

　　熟人严肃地说:"瞧你慢腾腾的!而且,方向还不一定对!"

　　M 先生认真地说:"所有的人,包括你和我,一生下来就往同一个方向走去。那个地方,早晚都得去,不去也得去。既然是这样,我们为什么不慢慢地走呢?"

　　M 先生说完,丢下熟人走了。他沿着四四方方的行政区,走了个四四方方的很大很大的正方形。回到原点的时候,他看到了一辆救护车,看到一些人正往车上抬人。原来,刚才和他讨论国际形势的那个熟人,不知和谁发生了争辩,突然就嘴歪眼斜吐白沫了。

　　M 先生漫不经心地晃晃头,慢悠悠地回家去了。

　　第二天早上,在上班的路上,人们又像往常那样,看到了一个熟悉的慢动作身影。

　　这个身影,日复一日地在这条路上晃着。日光如梭。那些脚步匆匆的人,一个接一个到另一个世界报到去了。M 先生仍在路上慢慢地晃着。

零度计划

K 先生提出了零度计划的理论。这就是，不管世界怎样发展变化，二十年后，自己在食品、饮水、住房、空气、噪音、绿化和艺术欣赏等诸方面，保持今天的水平不变。

零度计划的理论一发布，立刻引起社会大哗。有人对 K 先生提出了质疑："什么零度计划？完全是落后计划！现在是什么年代？现在是火车提速、飞船上天的时代！你要落后于别人二十年呀?!"

K 先生笑道："我是心甘情愿的。至于是否落后于别人，二十年后再说吧，出水才看两腿泥嘛。"

听他这么说，看来是顽固不化了。那就随他去好了，他想落后就落后吧，他想当历史的标本就当历史的标本吧。

K 先生成为人们嘲笑的对象。人们在嘲笑 K 先生的同时，加快了现代化生活的步伐。有人买车了，有人住别墅了，有人吃航天食品了，有人喝超级纯净水了，有人去氧吧吸氧了，有人去超级大国定居了……总之，能享受到的现代化生活，人们争先恐后地去享受了。这些人很快就成为贵族群体，在国内外养尊处优。

不经意间，K 先生却神秘地失踪了。其实，他哪里都没去，只是把自己封闭在一个人所不知的平民空间里。每天，他吃五谷杂粮，饮用自家井水，整日泡在房前屋后的菜园子里；偶尔出门，也是骑自行车或安步当车。没人干扰他，也谈不上他干扰别人。有兴趣的时候，他就唱唱老歌，听听老戏，看看老电影，翻翻小人书或过期的报纸杂志。总之，时光似乎在他面前停止了，甚至倒流了。

一年过去了，两年过去了……人们几乎将 K 先生忘记了。

二十年的时间，弹指一挥间。

二十年过去了，许多人得了不可医治的疾病，被写进了加了黑框的讣告，贴到了墙上。

与 K 先生同龄的人，所剩无几了。但还是有人想起来了他。这是几个从超级大国回来的人。这几个人在超级大国淘到了第一桶金，回国来，无非是炫耀财富。他们一惊一乍的，表示一定要找到 K 先生，看他究竟活得怎么样。大不了去墓地找他，给他献一束花嘛。

在寻找 K 先生的过程中，海归者显示出了见多识广，说大话，吹大牛。可他们渐渐地就不再装腔作势了。因为，他们得知了一些同龄人的死讯。死去的同龄人，杀手几乎都是现代病。这让海归者目瞪口呆。怎么会呢？现代化生活方式，应该提高生活质量呀，怎么会让人提前作古呢？

终于，这几个海归者得到了一个准信。他们要找的 K 先生，不但活着，而且活得很滋润。

于是，他们来到了一个被称做"安乐窝"的平民生活区。在这里，他们果然见到了 K 先生。令人想不到的是，K 先生红光满面，目光如炬，快乐得赛过老顽童。

K 先生泡上了自己采制的香茶，摘下了新鲜的瓜果，招待上门的客人。海归者打量着 K 先生居住的院落，发现竟与二十年前的老照片别无二致。他们发现，K 先生不喝酒，不吸烟，拒绝食品色素和防腐剂。他家的院子里，居然还有石碾子和手推车呢。难得啊，K 先生默默地恪守着二十年前的"零度计划"，保持着二十年的生活水平不变。他活得这么洒脱，将时光固定了二十年！

K 先生畅谈了自己的幸福秘诀。他打趣地说："过去没钱时，在家里

少年梦·青春梦·中国梦——中国故事
【秦德龙】 不跪的人

吃野菜，现在有钱了，去饭店吃野菜；过去没钱时，在操场上跑步，现在有钱了，在屋里跑步；过去没钱时，在马路上骑自行车，现在有钱了，在家里骑自行车。这说的可不是我呀。"又拍着自己的胸脯说："我的生活二十年不变。你们都看见了，我落后了吗？我没有落后！"

几位在超级大国见过世面的海归者，没想到 K 先生的状态这么好，不由得夸奖起来了，夸奖"零度计划"，夸奖 K 先生是位老神仙。

不久，海归者成立了一家老神仙旅游公司，专门组织中外游客，到 K 先生家参观，领悟"零度计划"之妙。

可几个月后，他们却找不到 K 先生了。

K 先生躲到哪里去了呢？

据可靠消息说，K 先生回老家住窑洞去了。他的老家在黄土高原，祖祖辈辈生活在冬暖夏凉的窑洞里。于是，老神仙旅游公司打出了"游黄土高原，住古代窑洞，当老神仙"的广告，引得众多游人纷纷神往。

其实，K 先生根本就没有回老家，他还生活在城市里。不是说"大隐隐于市"嘛。每天，K 先生依旧是粗茶淡饭，唱老歌，听老戏，看老电影，翻阅小人书或旧报刊。偶尔，在林荫小道上漫步，或蹲在墙根下晒太阳。他嘴里时常念叨着："面朝大海，春暖花开，白云苍狗，独往独来"前两句，有人听出来了，是现代诗人的诗作；后两句，是他的土著，却也和谐。

K 先生的心里奔跑着一只天狗。每天，K 先生都在吟诗，用诗歌喂养心里的天狗。

社会调查

"大爷，您有病吗?"

"我没病。"

"大爷，您真的没有病吗?"

"我真的没有病。"

大爷，您真的一点病都没有吗?"

"……"

"大爷，您血压高吗?"

"……"

"大爷，您血脂稠吗?"

"……"

"大爷，您腰腿疼吗?"

"……"

两个年轻孩子，一男一女，缠住了老杨。两个年轻孩子，身穿白大褂，貌似卫校的学生。

怎么摆脱他们呢? 只有当面戳破他们了。老杨笑道："我本来没病，让你们一问，我就有病了。我本来血压不高，让你们一问，血压就高了; 我本来血脂不稠，让你们一问，血脂就稠了; 我本来腰腿不疼，让你们一问，腰腿就疼了。"

两个年轻孩子，吓吓地笑了。男孩子说："大爷，您别生气，我们不是给您卖药的。"女孩子也说："大爷，我们也不容易，有任务。"

老杨说："谁容易呢？都不容易！想问我姓名和电话号码？名字，我可以告诉你们。电话号码，不能告诉你们。一告诉你们，我就睡不成觉了，你们就开始打电话卖药了。"

老杨说着，在一张表格上写了自己的名字，甩开大步走了。

几天后，老杨正在睡午觉，被一阵敲门声惊醒了。一看，是两个年轻孩子。老杨睡得迷迷瞪瞪，觉得似曾相识，却一时想不起来了，在哪儿见过他们？

男孩子亲热地说："大爷，不记得我们了？"女孩子也热情地说："大爷，您健忘了，该吃保健品了。"

老杨忽一下子想起他们是谁了。老杨说："怎么找到我家里了？"

男孩子说："有您的名字，一问派出所，就知道了。"

女孩子说："大爷，您想不想发财？"

老杨笑了："我当然想发财了，做梦都想发财！这样吧，你们交给我两千块钱，我给你们上课，告诉你们，怎样发财！"

两个年轻孩子，一个脸红了，一个脸白了，扭过脸去，噔噔噔下楼跑了。

老杨冲着两个孩子的背影说："忽悠蛋，毛还没长全呢！"

撵跑了两个孩子，老杨再也睡不成午觉了，索性就下楼去了，见人就说这件事，还有前几天那件事，两件事一块儿说，说得有鼻子有眼，妙趣横生。听众们都夸老杨是个大神仙，火眼金睛，掉不进陷阱。

又过了几天，老杨家里来了一个邮递员。邮递员给他两封信。一封是香港的中奖通知，一看就是诈骗。另一封是税务局的纳税通知，让他去税务局缴纳个人所得税。

老杨就犯糊涂了。税务局凭什么让他去纳税呢？税务局怎么知道他的名字呢？自己一不是大款，二不是大腕，根本就不在纳税之列。这说明，有人盯上他了!

老杨就睡不好觉了。

也不能去问呀? 问谁呢? 问不好, 反倒把自己装进去了。自己又不是个搂钱的耙子, 更不是收钱的匣子, 为什么会遭人眼红呢?

这么想了几天, 老杨就浑身不舒坦了, 就吃嘛嘛不香了。

老杨就去了医院。

老杨知道, 医院的格言是"只要你进来, 就让你有病"。可是, 谁又有什么法子呢? 只好由着医生给开了一把单子, 把自己化验、透视了一遍。一千多块钱花完了, 结果出来了, 医生说他是亚健康。"就是不完全健康"。医生做了补充说明, 开了一张大药方。

老杨知道什么是"亚健康", 就撕了药方, 哼着小曲离开了医院。

老杨在街上走着, 心里产生了一个最大的希望, 捡个大钱包, 里面有一千多块钱。真能这样就好了, 看病花的钱, 就兑回来了。

钱, 可不是好捡的。走了好几条街, 他只捡到了别人踩下的脚印。

"大爷, 低头找啥呢?"一个男孩子问他。

"大爷, 您有病吗?"另一个女孩子也问她。

老杨认出来这两个年轻孩子了。对, 就是前不久, 忽悠他的那两个年轻孩子。可是, 两个年轻孩子似乎没认出来他。他们摇唇鼓舌, 一唱一和, 开始向老杨卖药。没多久, 就把老杨忽悠迷瞪了。

老杨突然觉得, 也许, 自己真的该吃药了, 该好好补一补了。于是, 他毫不迟疑地掏出 500 块钱, 买了两盒药。

吃过药后, 老杨精神倍增。每天, 他都会上街去, 低着头走路, 仿佛在寻找什么。

找钱, 当然是找钱。他相信, 只要坚持, 一定能在大街上找到钱。

他越想越兴奋, 越找越兴奋。他也知道, 这是吃过药的缘故。看来, 自己是离不开吃药了。

别拿我当老外

我在街上碰见了四毛。四毛的学名叫毛淑兰。可我从未叫过她毛淑兰，从小我就叫她四毛。我叫她四毛，是因为她娘管她叫四毛。她家里的毛多，从大毛一直排到九毛，学名分别是什么毛淑香、毛淑芝、毛淑花、毛淑兰……之类的，让人误以为她家是一个农作物芬芳的农场。

四毛也看见了我。看见我，四毛的脸红了一下，又红了一下。知道她为什么脸红吗？不知道吧。嘿嘿。别问我，我不说，不说！

"还在56中吗？"我问四毛。

"什么56中？现在叫二外！第二外国语中学！"四毛纠正说。

"我就叫56中，我就不叫二外！"我笑道。

"校长不让我们叫56中，让我们叫二外！"四毛认真地说。

"弄个马夹穿上，就不认识你了？"我还在笑。

四毛也乐了："你真坏，还是这么坏。"又说："龙哥，你想发财吗？"

我大笑："想啊，当然想了，做梦都想！"我望着四毛，猜不透她用什么脑筋急转弯来涮我。

四毛说："不和你开玩笑。有个挣钱的机会，你干不干？"

我很警惕："说说看，只要别把我当坏蛋。"

四毛笑了："看你那傻样吧！我想请你到我们学校走一圈儿！一圈儿，

给你100块钱！"

这不是天上掉馅饼吗？我接住馅饼说："不就是走一圈儿吗？你还记得当年我很帅吗？迷倒了多少女同学！"

四毛正色道："少贫嘴！我还是先打扮打扮你吧！"说着，她把我拉进了路边的美容店，让美容师给我染了一头黄毛卷，还为我打上了蓝色的眼影。

看到镜子里的模样，我哈哈笑了，我太像外国人了。我的鼻子本来就很大，不用化妆，就像外国人。被美容师一捯饬，就更像外国人了，金发碧眼，碧眼是蓝色的眼影衬托出来的。

四毛扯上我说："走吧，到我们学校走一圈儿。让大家看看，我把外籍教师请来了。"

我明白四毛要干什么了。四毛告诉我，各学校都在展开招生大战，二外今天有个招生见面会，必须让家长和学生看到外籍教师的形象。四毛叮嘱我："你只需要点头微笑就可以了，你不需要说话。万不得已的时候，你就说两句散装的英语，搪塞搪塞。"我应着四毛，心里想：好玩，这件事挺好玩！

校长听说我是四毛请来的外籍教师，握着我的手说："Welcome！真是急死我了，我们请的几名外籍教师，今天一个都来不了！救场如救火，谢谢您啊！"

我装做似懂非懂的样子，耸了耸肩，双手一摊，扮了个鬼脸。

四毛也冲我扮了个鬼脸，顶了顶大拇指。

在四毛的导演卜，我出席了招生见面会。我温文尔雅地坐在台上，煞有介事地做绅士状，收集着台下那些信任的目光。校长讲完话后，主持人非要我也讲讲。讲什么呢？一开口说话，我不就露馅了吗？没想到，校长指着我说："我们今天请来的詹姆斯先生，是个中国通！请大家鼓掌欢迎！"

谢天谢地，校长说我是个中国通！

我只好扮演"中国通"了。我站了起来，学着洋人的腔调，半土半洋地胡诌了一通。我诌的都是套话。套话也就是废话。大家听得懂，我也说得轻松。我很奇怪，为什么我也会装神弄鬼了？而且夸夸其谈，面不改色？

事后，四毛捶了我一拳："詹姆斯先生，你太有才了！"

我摊开一只手说："拿来，100 块钱！"

四毛将一张百元大钞拍在了我手里："祝贺你演出成功！你得请客！"

没说的，我喜笑颜开，带着四毛，去了饭馆。毫无疑问，我们消费了那 100 元，我又添上了 100 元。

"龙哥，好玩不？"四毛的一双大眼睛，水灵灵地忽闪着我。

我心醉了。当初，就是这双大眼睛，搅得我神魂颠倒。我和四毛好上了，可是，她娘不同意。她家的另外 8 个毛，有一多半，也不同意。她娘说什么呢？她娘说："龙这孩子，那么大一个高鼻子，咋看咋像卖国台舞！"她娘说话的口音很重，把"美国特务"说成了"卖国台舞"。她家的另外那些毛也说："是呀，将来，生下来个小台舞怎么办呢？"四毛把消息反馈给了我，当时就伤我的自尊了。

"这些年，你过得怎么样？"我问初恋对象。

"能怎么样？离了。"四毛摆摆手说："别提了！龙哥，我问你，还想挣钱不？"

我笑了，挣钱谁不想呢？

"我们校长瞧上你了。校长说了，只要能随叫随到，随时扮演外籍教师，就把你聘为客座教授！客座教授啊，大学里才有呢！我们二外，专门为你设的！"

"告诉你们校长，别拿我当老外！"

"谁拿你当老外？是让你担任老外！担任老外，懂不懂？表演呗。这事，我们已经当真了，已经弄假成真了。"

"弄假成真了？我怎么觉得是弄真成假了？"

"都一样，龙哥，你就答应了吧。"四毛说着，敬了我一杯酒。

我很无奈。她怎么变成这样了？

四毛又笑道："我还要和你谈恋爱，让全校师生都知道，我和老外谈恋爱！"

我紧张地说："你这不是要毁我吗？我可不是那种人！"

四毛还在笑："吓唬你呢，逗你玩呢！你这个人，真没劲。你不想想，我在二外凭什么站住脚？你是我的初恋，你不帮我，谁帮我？帮帮忙好啦！"

我严肃地说："我是个有原则的人！"

四毛大笑："谁让你的鼻子那么大呢？校长见过你了，招生见面会上，你也露过脸了，没人不把你当老外！不但把你当老外，还把你当成中国通了呢！"

我无话可说。看来，我只有从四毛的视野中消失了。于是，我变成了一棵树，每天，站在马路边，默默无语。没想到，有一天，四毛领着二外的一些学生，来到我身边，指着我说："看见了吗？这是法国梧桐！植物界的老外！最初，是法国人从北美洲把它带到上海的！"

闻听此言，我立即将自己的身材缩小，缩小成一棵洋葱。四毛环视了一周，终于发现了我，又指着我说："这就是洋葱，他的老家是伊朗或阿富汗！我们经常在餐桌上吃到这个小老外！"

我不寒而栗，遁地无门。后来，我变成了一块草皮，被植在了二外的校园里。可我又听到了四毛对学生们说："这是美国草皮，别踩坏了！"

美国孩儿

　　补习班的广告打出来了，说是有个美国孩儿也参加补习。把中国孩儿和美国孩儿泡一块，让中国孩儿和美国孩儿互相学口语，多么好的创意！

　　哪来的美国孩儿呢？招生老师说，美国孩儿父母是中国人，但这孩子不会说汉语。孩子在美国出生，加入了美籍，能说很流利的美国英语。

　　是这么个美国孩儿呀。

　　老师说，这个美国孩儿是回来学汉语的。让他和中国孩儿在一起，他向中国孩儿学汉语，中国孩儿向他学英语，这不是两全其美吗？

　　哦，是这样啊。

　　开学的第一天，中国孩儿果真见到了传说中的美国孩儿。嘿，这个美国孩儿，黑头发、黑眼睛、黄皮肤，怎么看都像中国孩儿。他真的不会说汉语，只认得一些简单的汉字。听中国孩儿说话，他云里雾里摸不着头脑。但他滔滔不绝说英语的时候，中国孩儿则像呆头呆脑的小傻瓜。

　　老师因人施教，让中国孩儿一句句教他说汉语，让他教中国孩儿一句句说英语。半个月下来，美国孩儿和中国孩儿混熟了，能够简单地会话交流了。他们首先在一起玩了老鹰抓小鸡的游戏。当然了，美国孩儿扮演老鹰，中国孩儿扮演鸡群。有趣的是，老鹰永远都抓不到小鸡，鸡们将老鹰拖得大喘粗气。美国孩儿不解地问："鹰，为什么要捉鸡呢？"

中国孩儿不回答他，中国孩儿哈哈笑，中国孩儿笑哈哈。

游戏玩得很开心。中国孩儿又按照英语教材学演戏，演的是传统剧目《哭长城》。扮演丈夫的中国男孩儿在长城上倒了下去，然后，又死了过去；扮演妻子的中国女孩儿大声哭泣："你为什么丢下我一个人啊？"美国孩儿越看越纳闷，那名死去的中国男孩儿是应聘来修长城的呀。剧情的发展太奇妙了：中国女孩儿哭了一阵后，居然把万里长城哭倒了。

美国孩儿不理解，不理解就是不理解。中国的事就是这样，几千年的历史就是这样。身在其中，不理解也就理解了。或者说，理解的要理解，不理解的也要理解。当然，这是中国孩儿用美国英语演戏，美国孩儿不理解是不奇怪的。好在美国孩儿有中国血统，不求甚解，这也是最佳的选择。

补习班结束的时候，美国孩儿与中国孩儿结下了深厚的友谊。在老师的提议下，他们去了饭店，共进晚餐。老师对学生们讲了一番中美差别的道理："美国人与人接触，首先是拉开距离，然后再选择；中国人则是先混在一起，然后再区别。美国人的麻烦是容易孤独，中国人的麻烦是人际关系绞成一团。"

美国孩儿对此表示理解。美国孩儿指着桌上的菜肴，用生硬的汉语说："你们就像你们的菜，切碎了，拌在一起炒。有时，还要拌上粉芡，黏糊到一起。"

中国孩儿听了美国孩儿的话，哈哈大笑。美国孩儿说出这番话，说明他已经理解了中国文化。可是，美国孩儿没笑。也许，他想起了自己即将面临的孤独。回到美国去，谁和他讲汉语呢？虽然，汉语是母语，可自己的周围，没有说汉语的环境啊。想到这里，美国孩儿忧心忡忡地说："在美国，我只不过是个香蕉而已。"

什么？香蕉？

"香蕉，皮是黄的，剥开后，里面是白的。这就是华裔后代，看起来像中国人，但是不会说中国话。"

中国孩儿全都沉默了。中国孩儿上补习班，向美国孩儿学口语，是为了要到美国去的。听美国孩儿这么说，还要不要到美国去呢?

中国孩儿习惯于把想不通的问题交给家长，请父母定夺。几乎每个家长都这样对自己的孩子说："当然要去美国了! 让你补习英语，就是为了让你去美国的!"家长们纷纷劝说自己的孩子，要在美国站住脚，就要舍得把自己变成香蕉。

你和谁在一起

"乔庄，你和谁在一起？朋友？男朋友？女朋友？新朋友？老朋友？拍张照片过来，让我看看。"

每当听到妻子在手机里叫嚷，乔庄都烦得要死。没办法，乔庄转了个身，对准身边的某个行人，用手机拍了张照片，给妻子发了过去。

"乔庄，这个人是谁？我怎么没见过他？告诉你，我的手机安装了测谎系统！"妻子又在手机里叫了起来。

乔庄不无讥讽地说："你再去安装人脸识别系统好了！"乔庄说罢，索性把手机关上了。

乔庄真是郁闷。郁闷得不得了。什么事啊，一部 GPS 定位手机，就把自己给锁死了，再也无了人身自由。本来，GPS 定位手机是单位给发的，是便于老板监控员工用的。凭什么妻子要做无缝对接呢？郁闷，真是郁闷。

发手机那天，老板笑眯眯地说："给业务人员发 GPS 定位手机，是为了让我随时都知道你们在哪儿，目的是遏制逃岗、离岗，确保你们无一脱管漏管。记住，临时越界，一定要事先请假！当然，只要你们一越界，我马上就能发现，马上就知道你在干什么，和谁在一起！"

碰上这种老板，本来就够郁闷的了。可是，妻子却雪上加霜，这不是

少年梦·青春梦·中国梦——中国故事
[秦德龙] 不跪的人

让人更郁闷吗？人和人之间是需要有空间的，需要有安全的距离。不然的话，自己就死定了。

乔庄开始了胡思乱想。人总是这样，胡思乱想，能碰撞出来智慧的火花。想来想去，乔庄想到了双胞胎。自己若是有个双胞胎的兄弟就好了，可以让双胞胎兄弟当替身呀。可是，双胞胎兄弟是没有的。不过，用替身还是可行的。记得有一回，自己雇过一个替身，给了 10 块钱，让替身代替自己去开了一个不咸不淡的破会。想到这里，乔庄笑了，何不再找个替身，把 GPS 定位手机给他，自己不就自由了吗？

于是，乔庄来到了替身公司，说明了自己的想法，要求找一名与自己形似而且神似的替身。

替身公司可谓人才济济，无所不能。很快，就有一名替身站到了乔庄的面前。乔庄打量着替身，几乎惊呆了。替身的长相、气质、语音，几乎与他别无二致。乔庄甚至怀疑他是自己失散多年的同胞兄弟，只是不知道父母当初为什么要将这个兄弟送人。

乔庄紧紧地握着替身的手说："兄弟，可找到你了，哥有难处，你要帮哥一把！"

替身温文尔雅地笑着："大哥，没问题，为用户服务，是我必须做的！"

乔庄满意地笑了，向替身叙说了自己的郁闷。他摘下 GPS 定位手机，交给了替身，并将需要注意的细节，一一做了交代。

替身说："大哥，放心吧，一切交给我好了！我保证天衣无缝，让你的老板和你的妻子，把我当成你！不折不扣地当成你！"

乔庄大喜，告别了替身，到自己想去的地方去了，找自己想找的人去了。

三个月过去了，平安无事。乔庄随时与替身保持着秘密联系，指导他如何应对公司老板和自己的妻子。替身也时常打电话向他汇报相关事项的动态。乔庄对替身的表现相当满意。他是个粗心大意的人，三个月内，竟未亲自到公司去过一次，也未回家同妻子照过一次面。他相信，替身会把一切都做到位的。替身嘛，就是代替自己干活的人嘛。

有一天，乔庄心血来潮，摸回了公司。可当他出现在公司的时候，老板却将他赶了出去。老板盯着他问："你是谁？你敢冒充乔庄?!"老板说着，拨打了乔庄的 GPS 定位手机，很快，替身就冒了出来。老板指着替身说："他才是我公司的业务员乔庄，你算哪根葱啊？你有 GPS 定位手机吗？滚吧！"

乔庄浑身是嘴，也说不清。他希望替身能帮他做些解释，替身却露出了轻蔑的冷笑。

乔庄想到了妻子。一日夫妻百日恩，妻子总不会翻脸不认人吧？

可是，当他奔到家门口时，妻子却将他拒之门外了。妻子盯着他的脸说："你是谁？你敢冒充我丈夫乔庄?!"妻子说着，拨打了乔庄的 GPS 定位手机。不久，替身就闪了出来。妻子指着替身说："他才是我丈夫乔庄呢，你算哪根葱啊？你有 GPS 定位手机吗？滚吧！"

乔庄百般解释都没用，他央求替身说明实情，替身却冷笑不语。

不是一家人，不进一家门。乔庄打量着替身，发现他竟真的变成了自己。替身挎着 GPS 定位手机，成了彻头彻尾的乔庄。乔庄恍惚了，乔庄对自己的身份产生了怀疑：难道，自己已经不是乔庄了吗？

乔庄流落到了街头。

后来，替身找到他，请他吃了饭，把他送到替身公司打工去了。

陌生人俱乐部

周末，我去了陌生人俱乐部。在俱乐部门口，我买了张陌生人面膜，贴到了脸上。将自己换成陌生的面孔，不会有熟人认出我来。果真，俱乐部的任何人都是陌生的，我没见过他们，他们也不认识我。

孤独的心豁然开朗。我选了个临窗的座位，品味着咖啡，望着窗外的风景。我庆幸自己来到这里，庸常生活中的所有压力，在这一刻释放殆尽。

我的心帆飘若轻云。凝望着那些低声细语的人，我感到一种莫名的亲切。陌生人在这里有了亲情，真是不可思议。我心中升起了一种异样的冲动，希望能与某个陌生人聊聊天。

"先生，我可以坐在这里吗？"一位女士飘然而至。

"当然可以，请坐！"我喜出望外，女士的风度吸引了我。

"我们彼此不问姓名好吗？"女士提议。

"当然。"我笑了，"名字对陌生人来说，是不重要的。"

女士也笑了。她的笑容，很优雅。

彼此心照不宣，我们开始海阔天空地聊了起来。她说她去过美丽的西双版纳，我说我去过神话般的蒙古草原；她说她到过东方莫斯科哈尔滨，我说我去过南疆的西沙群岛……我们说啊笑啊，像年轻人一样欢畅。我的心理年龄瞬间变得年轻起来，如一位情窦初开的翩翩少年。看她的样子，面色绯红，如一位怀春的少女。我想，如果时光倒退三十年，我一定会向她表达爱慕之心。

可是，接下来的话题，渐渐地沉重了，我是个性格忧郁的人，每逢快乐的时候，总会想起一些不快乐的事情。我已经把对面的女士，视为红颜知己了，何不借此机会向她倒倒苦水？于是，我将人生的种种苦恼、坎坷、困惑、愤恨和盘托出，井喷式地袒露无遗。她真是个善解人意的女士，不住地点头表示理解和同情。并适时地举杯，邀我共饮，化解郁闷，湿润喉舌。我特意加重了语气告诉她："最和我过不去的人，是我的女上司，她太霸道了，我真想杀了她！"我这么说，是潜意识告诉我，女人通常是疾恶如仇的，尤其是女人对女人。何况，我是男人，我是弱者。

听了我的讲述，她的目光中充满了柔情，甚至有几许母性的慈悲。"忘记过去吧，你是男人嘛。男人不能和女人过不去。你的女上司，是个女人，她也不容易，而女人通常需要找个能出气的倒霉蛋。"她温情脉脉地望着我，令我的心中沉疴化无。

"听我讲讲我的故事吧，我也需要你这样的听众。"女士的神色忽然变了，变得十分忧伤："实话对你说，在日常生活中，我扮演的是另外一个角色，也就是你痛恨的那种人。我打理着一家公司，我是公司的经理。你不要紧张。我们现在是陌生人，你和我都是在陌生人俱乐部里。每天一上班，我就开始扮演女上司的角色，只有8小时之外，我才恢复本真的自我。你所遭遇的那些事情，似乎在我的公司里都有影子，只不过我和你的身份不同。我建议，你要理解你的女上司，因为，她每天是戴着面具上班的。如果，她不戴着面具，就无法扮演女上司的角色。你说，是吗？"

"可是……"我心有余悸地望着她。

"来，让我们跳个舞吧？"女士大概看出了我的心思，索性中断了话题，邀我走进舞池。

我的心绪被欢快的舞曲冲刷着，旋风般地和她舞了起来。渐渐地，我忘记了她的职业，而更相信她是一位娇媚温柔的女人。我们舞了一曲又一曲，华尔兹、布鲁斯、福克斯、恰恰、伦巴……我们成了一对配合默契的舞伴。

曲终人散的时候，我和她走出了陌生人俱乐部。

当我揭掉陌生人面膜的同时，下意识地瞧了瞧她。我很想弄清她的庐山真面目，一睹其芳容。她也和我有同样的举动，向我这里投来探测的一瞥。瞬间，我和她都惊呆了。原来，她正是我所痛恨的女上司，而我则是她手下那个倒霉的出气筒。

我和她相视片刻，彼此无语。

接下来的每个周末，似乎受到神灵的指引，我都要到陌生人俱乐部去，买一张陌生人面膜戴上，寻找心灵的家园。总会有某位举止优雅的女士，戴着面膜，陪我聊天，与我共舞。虽然，我们每次都要变换不同的面孔，可总能在心里感觉到彼此是谁。

我相信，她和我一样，已成为陌生人俱乐部的终身会员。

焦小抠

焦小抠，是出了名的抠，谁都别想吸他一支烟，喝他一杯酒。中原一带，流传个笑话，就是糟贬焦小抠的。说的是焦小抠家来了个挺粘板的亲戚。亲戚坐下来后，焦小抠拉着长音问："还是不吸烟？"亲戚一愣，忙说："不吸，不吸！"其实，亲戚是吸烟的，听焦小抠这么问，哪还好意思说吸烟呢！

说话间，该吃晌午饭了，亲戚还没有走的意思。焦小抠皱上眉头了，只听他咳了两声，又拉了个长音："还是不喝酒？"

亲戚本来是想蹭一杯酒喝的，听焦小抠这么问，只好连声说："不喝，不喝！酒是孬孙，越喝越晕！"

接下来，焦小抠又问："还是吃过饭来的？"

亲戚忙说："当然是吃过饭来的！都这时候了，谁还不吃饭！"亲戚说完，抬起屁股，拍了拍，红着脸走了。

亲戚就这么走了，走到哪儿，都卖焦小抠的赖。亲戚说，我离开他家时，专门拍了拍屁股，恐怕把他家的灰尘捎走了。他家的灰尘，那可是庄稼宝呢，扫到地里，多打粮食！

焦小抠的笑话，就这么传开了。

笑话传了好多地方，传到了詹老大的耳朵里。詹老大，大眼铜头铁脖子，是个光吃不屙的主。詹老大决定去会会焦小抠。他拿定了主意，要吸焦小抠的烟，要喝焦小抠的酒，要吃焦小抠的饭。詹老大也是个粗中有细的人物，先托人给焦小抠捎了话去：某月某日，登门拜访。

这天，詹老大一大早就出发了，自己开着车，跑了三百多公里，半晌午时，到了焦小抠家。为了能吸上烟、喝上酒、吃上饭，詹老大拉出了见面熟的架势，一进门就高腔大嗓地寒暄："老焦，忙着哪?"

焦小抠把一张笑脸迎了过来："不忙，不忙! 您坐，您坐!"说是不忙，手里却扯过一个脏裤头，当着詹老大的面说："昨晚拉稀，屙了好几泡! 才买的新裤头，洗都洗不出来了!"

詹老大说："一个脏裤头，还不扔了?!"

焦小抠说："扔就扔了!"说是这么说，可并不舍得扔。只见他抄起一把剪子，把裤头上的皮筋剜了出来。焦小抠冲詹老大笑笑："皮筋还能用!"说完，把皮筋掖了起来，将裤头丢到了门口："留着擦皮鞋!"

詹老大注意到，做完这一切，焦小抠没洗手。

焦小抠笑道："来啦?"

詹老大答着："来啦!"心里却骂：真臊气，一来就看见脏裤头!

焦小抠摸出一支烟，举在半空，拉着长腔说："还是不吸烟?"

詹老大的脑子里还想着焦小抠没洗手，注意力就不那么集中了。其实，他看见詹老大手里举着烟，本能地伸出来了两个手指头，打算接烟。可他慢了半拍，焦小抠已经把烟卷叼到自己的嘴唇上了。

"不吸，不吸!"詹老大举着两个手指头说："戒了两年了!"说完，他的脸色就变得很灰了。

"还是不喝酒?"焦小抠又拉了句长腔。

"不喝，不喝! 酒是孬孙，越喝越晕!"詹老大已经乱了方寸，两个手指头变成了五个手指头，连连摆手，连连摇头。也不知怎么搞的，他忽然想起来笑话里有这么一句，张口就溜出来了。

焦小抠笑了起来。"还是吃过饭来的?"他又拉了句长腔。这句长腔，更加悠长，很像是唱出来的。

詹老大听得很真切，又是原版笑话里的句子。詹老大忍不住笑了起来。焦小抠啊，你跟我装糊涂！早饭，我肯定是吃过了，我没吃的，是午饭！也罢，你装糊涂，我也装糊涂。詹老大很随便地张了张嘴，很随便地"啊"了一声。

　　"啊？吃过饭了？你是说你吃过饭来的？也好，也好！"

　　"这时候了，谁还不吃饭?！"詹老大红头涨脸地站起了身子。

　　"那我就不留你吃饭了！"焦小抠说。

　　"我不是说过了嘛，啥时候了，谁还不吃过饭！"詹老大说着，人已走到了门外。

　　"那我就不远送了啊！"焦小抠倚着门框说。

　　"留步，留步！"詹老大走出去几步，还是耿耿于怀地回了回头。这一回头，正看见焦小抠弯下腰去，拾起了脏裤头。果真，他用脏裤头擦皮鞋了。擦完了皮鞋，他又把脏裤头塞到一个纸箱里了。

　　"留着卖钱呢！"詹老大兀自笑了。

劳动节

五一劳动节，怎么打发三天的小长假呢？白若白想到了乡下。乡下好啊，空气新鲜，没有污染，到乡下去旅游，赛过活神仙！

白若白吹着小口哨，只身去了乡下。

果然，山川秀美，田野妙曼。住到农家乐大院，主人问白若白："想不想参加农业劳动，体验一下做农民的乐趣？"

"要得，要得！"白若白随口应着，指着"农业劳动价目表"说："每个项目5块钱？我参加两项：种玉米、种棉花！"然后，交了10块钱劳动费，加入了劳动大军。

劳动开始了，白若白和一些来自城里的人，跟在一个老农民的身后，一招一式地学着，充满了劳动的乐趣。一上午，他们种了好大一片玉米，又种了好大一片棉花。白若白揩着汗水幸福地想，秋天的时候，再到这里来，亲手收获自己播种的玉米、棉花！

休息时，白若白从瓷罐里倒了一碗白开水，咕咕嘟嘟喝了个底朝天。乡下的泉水，就是甜啊，绝对没放漂白粉！回城的时候，一定要灌一瓶乡下的泉水。想到这里，白若白问老农民："大叔，今天是劳动节啊，您怎么不休息呢？"

老农民笑道："劳动节不劳动干什么呢？我们天天都在劳动，天天都在过劳动节。"

白若白张了张嘴，笑了。老农民真幽默，太幽默了。

老农民又说："乡下人和城里人不一样。我们乡下人只过六个节日——春节、元宵节、清明节、端午节、中秋节、重阳节。"白若白吁了口气，明白老农民打岔了。不过，一股诗情却不由分说地冒了出来："劳动节/劳动的人在劳动/不劳动的人/在过节……"

"你说什么？"老农民不解地望着白若白。

白若白难为情地低下了头，不知该怎么和老农民解释。

老农民说："你们城里人，过节比农民多。你能告诉我，城里人一年要过多少个节日吗？"

"国际国内的都算，100 多个吧。"白若白随口说。

"真羡慕城里人啊，三天两头都过节！"

"天天都是节日，有什么意思呢？"白若白说。

老农民笑道："还想参加农业劳动吗？下一个节目是给麦苗打药，参加就交 5 块钱。"

"麦苗还要打药？乡下不是没污染吗？"白若白提出了质疑。

"城里人来了，乡下就有污染了。"老农民笑着说，似乎很在理。

白若白挠了挠头皮，啥都不说了，交了 5 块钱，跟着老农民，去给麦苗打药了。

第二天上午，白若白不再参加任何农业劳动了，专门去看了"农村女工作坊"。他饶有兴趣地观赏了纳鞋底、做布鞋、补衣服、缝被子，还同妇女们唠了家常。中午，他吃了妇女擀的手工面条和手工蒸馍。体验这些乐趣时，白若白想：娶个农村媳妇也不错，心灵手巧，绝不会好吃懒做的。

有了这个想法，白若白就乐不思蜀了。

当然，想法也仅是个想法，到乡下来旅游，是来不得真浪漫的。不过，他还是莫名其妙地亢奋起来了，问农家乐的主人，可不可以介绍个"表妹"来认识，可以的话，他就甘当"表哥"了，皇帝也有草鞋亲嘛。

农家乐的主人笑道："先生，您不是和农民开玩笑吧?"

"不是，农村真好，农民真可爱，农民真幸福。我想变成个农民的心都有了。"

"那你去把茅房里的大粪出了吧。"

"让我出大粪?"

"对啊，你不是想当农民嘛，总该为农业做点贡献吧?"

白若白尴尬地笑了："当个农民，还不容易呢!"话锋一转说，"我明白了，你们农民，是怀着仇恨看城里人的!"

主人摇摇头："你说得不对，是城里人嫌弃乡下人!"说着，端过一杯咖啡递给白若白："你们城里人，都爱喝这个，对吧，一股子药汤味。"

白若白接过咖啡，呷了一口，咂咂嘴，品道："奇怪，乡下的咖啡，怎么混有香草味呢?"

主人说："你是来乡下过节的，当然会感觉到香了!"

白若白感慨地说："劳动节看见劳动的人，我才知道自己是个不劳动的人!"

苦　戏

　　剧团有个不成文的规矩，谁的日子不好过了，就安排他唱一出苦戏。苦到什么程度？苦到让他生不如死！据说，在戏中受苦的人，就会在现实中时来运转。

　　于是，那些自我感觉命苦的人，都争着唱苦戏，把苦戏当成改变命运的契机。吃得苦中苦，方为人上人啊。在戏中受苦了，就会在现实中幸福！

　　方青拓却不这么看，他从来不争着演苦戏。他不在戏中做苦命鬼，也不求在现实中做幸福神。别人排练苦戏的时候，他就到公园里遛弯。一边遛弯，一边听票友们唱戏。公园的亭子里，长廊中、草坪上、树荫下，有许多票友在唱戏，哼哼哎哎、嘀嘀哩哩，唱得兴起。唱什么？细一听，都是苦戏。有《秦香莲》《窦娥冤》《桃花庵》《清风亭》《卖苗郎》《大祭桩》……都是些有名的苦戏，唱腔凄凄婉婉、悲悲戚戚。

　　老百姓爱唱苦戏啊。方青拓忍不住叹息。

　　其实，方青拓是个很苦很苦的人。少年丧父、中年丧妻、晚年丧子，人生的三大不幸，都让他占全了。这让他一度失去了活下去的勇气。剧团曾安排他唱一出苦戏，转转时运。可是他不唱，他婉拒了。他宁愿一个人守着孤独，慢慢品尝人生的痛苦。只有心情放松下来的时候，他才转到公园，听听票友们唱戏。

当然，票友们都认得他。谁不知道他啊，县剧团的台柱子。有时，票友们也喊他唱两段，可他矜持着不唱。他抱这种态度，票友们就不喊他了。一来二去的，仿佛他这个会唱戏的人，并不存在。票友们自唱自的，该哭就哭，该笑就笑，图的是唱出来痛快。

日子久了，他被人们遗忘了。

突然有一天，县剧团倒了台子，他和大家一样，散摊回家了。

谁都没想到，方青拓站了出来，将剧团的散兵游勇们组织起来，专门到公园里唱戏了。自然是，唱苦戏。不同的是，演员和票友们打成一片，混台演出。他们不分专业和非专业，也不化妆，竟唱得如泣如诉，如哀兵临战。有时候，方青拓亲自登场唱两段，饰演苦戏的主角。听着他那悲亢的唱段，观众们总会忍不住落泪，忍不住哀叹。

苦啊，民间受苦的大众。

苦啊，谁不想倒倒心里的苦水？

真正的悲苦，是把有价值的东西掰碎了给人看。而悲苦的碎屑，将在世间永存。方青拓早就明白这个道理。所以，他主打苦戏这张牌，越唱越红火了。剧团一红火，就有人来请了。

来请的人，多是些大亨、老板。

大亨、老板们经营着赚钱的买卖，事业如火如荼。大亨、老板们都想请唱戏的班子来唱一唱，助助兴，弄个开门大吉、鹏程万里什么的。但有一条，他们不许唱苦戏，最好弄两个小丑出出洋相，或弄几个小妮儿露露肚脐扭扭屁股。

方青拓怎么能答应？

方青拓不答应。大亨、老板们怎么求，他都不答应。那就派人挖墙脚吧。大亨、老板们让一个油嘴滑舌的人招兵买马，凑了个草台班子。也许是故意使坏，草台班子每天都上公园招摇，把看热闹的人引走，引到商场门前。然后，锣鼓喧天地敲一敲，声色电光地嚷一嚷。

方青拓成了光杆，就一个人对着公园里的湖水吊嗓子，唱苦戏，唱得大悲大恸，唱得天昏地暗。

渐渐地，那些被草台班子拉走的观众，又回来了，听方青拓唱苦戏。先是听他唱，然后，跟着他学唱。唱苦戏的人，又一天天多了起来。公园里恢复了往日的戏味儿、戏趣儿、戏劲儿。当然，都是悲剧的戏味儿、戏趣儿、戏劲儿。

那些大亨、老板们，怎么都不明白，人们为什么喜欢听苦戏、唱苦戏？难道，人们愿意重吃二遍苦、再受二茬罪吗？想不明白，就只好躬身向方青拓求教了。

方青拓淡然一笑：你们啊，都忘了自己从前受的苦，都不知道苦戏是人生的营养！

大亨、老板们似有所悟。于是，他们跟着方青拓咿咿呀呀地学起戏来。他们唱了一句又一句，直唱得泪流满面。唱着唱着，大亨、老板们终于明白了，人们为什么喜欢苦戏。是啊，许多人吃过苦；许多人，正在吃苦。说到底，真正的人，都是用苦水泡大的。只有大灾大难、大悲大痛，才能让人脱胎换骨。更不要说，每天有那么多人去火葬场烤火了。烤完火，烧成灰，人还有什么呢？

大亨、老板们，像许多人那样，深深地爱上苦戏了。每天，他们都会情不自禁地唱上两句。而方青拓，听到人们唱苦戏，总要流露出忧郁的目光。

绝望了你就去西藏

　　她如一颗被射出枪膛的子弹，射向了遥远的西藏。按说，去趟西藏没什么了不得，飞机通航了，火车接轨了，想去西藏，抬腿就去了。可她去西藏和别人不一样。她是骑自行车去的，而且，是一个人去的！

　　完全是驴友们把她煽忽起来的。驴友们在网上跟了贴子，一颗颗骚动不安的心，结成一长串异想天开的链条。电视台做了专题报道，似乎要蒸出一个很大很香的蛋糕。结果，出发的时候，只有她自己到了城市广场。一夜之间，驴友们从人间全部蒸发掉了。

　　她感到了绝望！

　　一个记者问她，还去不去西藏了？不去的话，就关机收线了。另一个记者又催促她，去吧去吧，你是这个城市的骄傲！你是个女人，你一个人骑车去西藏，这本身就很有新闻性啊……

　　来为她助威的几个朋友，则好心劝她，不要去了，一个女人，怎么能独自骑车去西藏呢？

　　她咬着牙说："去，当然要去了！"

　　她起程了，踩着自行车，无畏地上路了。电视台将这一瞬间定格，在人头攒动的广场进行了直播。

　　这女子真是疯了。人们望着她绝尘而去的背影，似乎看着一颗流星在空中闪过。

一路西行的她，如一颗被射出枪膛的子弹，义无反顾地射向了西藏。

奇怪，她竟不觉得缺氧，只是心里有些恐慌。茫茫高原，了无人烟，只有她自己艰难地独行。每天看地图，每天住一个驿站，她要将最宝贵的力气留给自己。当然，如果有好心的司机，能捎上一程，那也再好不过了。她不需要践行什么"孤身单骑走西藏"的誓言。是的，她未曾向任何人许诺。只要能到达西藏，看一眼布达拉宫也就够了。

夜里，她上了一辆拉货的卡车。卡车是双排座，车上已有两个搭车的汉子。开车的是一对回民兄弟，讲一口流利的普通话。这让她感到了温馨。黑压压的高原，5个人结伴而行，再也不用为了听到声音而高叫自己的名字。她听着那两个汉子与回民兄弟搭话。不知为什么，他们争执了起来，气氛显得剑拔弩张。她心里偷笑。在高原的夜色中旅行，听人吵架也是一种乐趣。

突然，卡车停了下来，驾车的回民兄弟，撵下了那两个搭车的汉子，还有她。在回民兄弟看来，她或许是个莫名其妙的女人。她想不明白，这是怎么了？她身不由己地被株连了，被丢在了黑沉沉的高原上。

卡车开走了，开得很远很远，见不到车灯的光亮了。

那两个被撵下车的汉子，奸笑着问她要不要一同前行？她赌气地甩开他们贼一样的纠缠，坐在原地说："我冻死在这里好了，冻成雕塑！"

她被丢弃在了黑色的荒野上。

她感到了绝望！

她哭了，号啕大哭。为什么自己会成为被射出枪膛的子弹？她不知道，真的不知道。

哭了许久，她站起来，跨上自行车，朝着前方骑去。很远很远的地方，有一束灯光，也许是在召唤她。她骑啊骑啊，总算骑近了，才看清，正是那辆卡车！可是，卡车开走了。她走车也走，就是不等她靠近，似乎在有意捉弄她！

她昂着头，向灯光的方向追逐而去。不管怎么说，灯光照耀着公路，而公路通往拉萨。

卡车却没有再次走远。等她骑着车子靠近了，回民兄弟伸出头来唤她："小妹，上车吧！没见过你这号人，大黑夜的，不害怕？"

不能斗气了。她上了车，发现那两个与回民兄弟斗嘴的汉子，龟缩在车厢的一角，默不作声。

车上的音乐响了起来，是听不明白的摇滚乐。很好的催眠曲呢。她闭着眼睛想。早就听说过，在西藏，任何人都可以拦车，任何车辆都必须给拦车的人停车。没有道理，就因为这是在西藏。这就是道理，就因为这是在西藏。

她迷迷糊糊地睡过去了。

"到了，拉萨到了！"不知过了多久，回民兄弟喊醒了她。

她跳下了卡车，眺望着陌生的高原首府拉萨，眺望着神奇的布达拉宫。

她掏出手机，打通了拉萨的一个朋友："我到拉萨了……"

一切都变得圣洁了，在布达拉宫前，在拉萨，在西藏。

……

该回家了。

自己的家在内地，有丈夫，有儿子。

她听从了一个老警察的告诫，无论如何，不能骑车回去。她将那辆伴随自己走天涯的自行车推进了火车站的行李房。

被射出枪膛的子弹，从西藏弹了回来。

她所在的城市，听说了她如期返回的消息，决定在她出发的城市广场，举行欢迎仪式。电视台也预定了黄金时段，做现场直播。可是，她谢绝了这场文化盛宴，静悄悄地回到了自己的家中。她像每个称职的家庭主妇那样，系上了围裙，操持起了家务。

她不再有任何绝望。因为，她已经绝望过了。因为，她去过了西藏。

她常常对那些绝望的人说：绝望了，你就去西藏！一个人去西藏！

一个人的俄罗斯情结

契里诺夫·潘，是老潘的外号。之所以送他这么个外号，是因为他热爱俄罗斯文学。俄罗斯历史上那些文学大师，他都能如数家珍地说出来名字，如普希金、莱蒙托夫、果戈理、屠格涅夫、陀思妥耶夫斯基、托尔斯泰、契诃夫、高尔基、马雅可夫斯基等。他还知道俄罗斯的"黄金时代"和"白银时代"，经常拿这两个时代与现实做比对，感叹人类的忧患意识。人们听不懂他说的那些话，就送他一顶"契里诺夫·潘"的外号，有点戏谑他的意思，把他推到了俄罗斯那边，把他当成了俄罗斯人。

别人这么推他，他当然不舒服了。契里诺夫·潘就说："其实，每个人的内心，都有自己的故乡。也许是出生地，也许是精神家园，也许是两者结合。而你们，不可能懂我。"

"你还是去俄罗斯吧，你的故乡在俄罗斯。"有人这么臊他。

契里诺夫·潘不再说话了。他知道，再怎么争辩，也是对牛弹琴。于是，他就把自己关在屋子里读书，一本一本地拜读俄罗斯文学名著。他知道，俄罗斯民族一直都有爱读书的传统，几乎家家户户都有大量藏书，甚至工人、农民也是如此。

看见契里诺夫·潘关门读书，人们就更笑话他了："这个傻子，书中寻找黄金屋呢，书中寻找颜如玉呢，书中寻找千钟粟呢。"

契里诺夫·潘不知道人们怎么在背后议论他。那些俄罗斯的文学书籍让他愉快、迷恋，让他感到了心灵的净化，让他产生了崇高的情感和美好的联想。

不过，读书归读书，联想归联想，契里诺夫·潘还是要回到现实生活中来。他必须面对现实。因为，不吃粮食、不喝水、不用电……他就会死掉。还有，一个人不合群，也可能会孤独致死。而死亡，他是不愿意的。他热爱俄罗斯文学，如同热爱生命。可现实生活往往是丑陋的，甚至是残酷的。比如，人们为了在超市里得到免费礼品，天不亮就起来排队，甚至有可能被挤踏而死。这一切，都是他不愿意看到的。于是，他又想起了自己钟爱的俄罗斯文学，又拿俄罗斯文学和现实做对比了。一边对比，一边叹息。

有人看不惯了，撕开脸面批评他了："你叹息什么？难道俄罗斯所有的一切，都值得赞美吗？"敢这么批评他的人，是一位对俄罗斯文化和历史有所了解的学者。学者大声地斥责他："你走火入魔了吗？我告诉你，俄罗斯民族，是一个非常情绪化的民族！你千万不要执迷不悟了！否则的话，就开除你的国籍！"

契里诺夫·潘受到这样的批评，非但没有退缩，反而挺起脖子说："你说的情绪化，是说俄罗斯民族善于幻想吧？你说的不对呀。俄罗斯有很多森林，有漫长的冬季，这就使得俄罗斯人做更多的耐人寻味的思考。他们揣摸自己的内心，回味时空的变迁。啊，森林和冬季，给他们带来多么神秘的感受啊。所以，俄罗斯的文学作品才伟大、才不朽！"

学者不屑地说："契里诺夫·潘同志，我看你真是个花岗岩脑袋，你是打算从俄罗斯那里去见上帝吧？"

契里诺夫·潘坦然一笑："像俄罗斯人那样生活有什么不好呢？不但善于把生活艺术化，还善于把艺术生活化。现实是一个世界，艺术也是一个世界，两个世界合二而一，有什么不好呢？"

学者说："契里诺夫·潘先生，我也不叫你同志了，我还是叫你先生吧。你这个俄罗斯分子，俄罗斯文化真是浸入你的骨髓了！"

契里诺夫·潘笑了："我是有宗教情怀的。没有一定的宗教情怀，又如何会崇拜俄罗斯文学呢？当然，俄罗斯人信仰宗教。可他们不光信仰宗教，在宗教信仰里还有某种神圣的东西。所以，即便不信教的俄罗斯人，也可能有一种救世主的感觉。"说到这里，契里诺夫·潘以攻为守地问学者："尊敬的先生，您阅读俄罗斯文学吗？"

学者瞪着眼睛，表示拒绝回答。

契里诺夫·潘深情地说："我最喜欢托尔斯泰的《战争与和平》了，它通过战争写生活，写出了人物的性格发展和心灵成长。书中的人物安德烈，十分注重功名吧？可是，他倒在战场上后，看到天空是那样的悠远无限，人是那样的渺小，他就改变了生活态度。"

学者的目光软了下来。他虽然没读过《战争与和平》，但他知道这是一本伟大的文学名著。学者幽幽地说："一个有希望的民族，总有一群遥望天空的人。"

契里诺夫·潘开心地笑了："你真是这么认为的？那么，好吧，我请你喝酒！"

学者连声说："不，还是我请客吧！"

天色渐渐黑了下来。契里诺夫·潘与学者手拉手，走进了酒馆。他们让老板把餐桌摆到院子中，他们要对着夜空上的明月饮酒。契里诺夫·潘激动地想，如果不能影响一个世界，就影响一个人吧。

学者喝了几杯就有了醉意。学者说："月亮之神把一切都看到了，人间发生的一切，月亮之神都看到了！"

契里诺夫·潘笑了："先生，恭喜你啊，跨入了俄罗斯诗坛！"

发呆茶馆

有人把郊外的荒山打造成了风景区，据说可以欣赏到古野风光。我不屑地哂笑：黄山归来不看山哦。

也许是灯下黑吧，我始终对郊外的风景区不来兴趣。可当我听说山上有个发呆茶馆时，不由得想，全当是爬山休闲吧，去看看也无妨。于是，邀上好友三几人，驱车前往了。

到了山下，只见一条小路蜿蜒直上，通向山顶。朋友们伸展着腿脚，向山顶攀去。山道上响起我们的笑声，居然有一种空谷足音的感觉。

攀到山顶，看到一家茶馆。大概就是这里了。老板可真会做生意，把茶馆设在山头上，让游人望着天空发呆，难道是想出售天空吗？

老板笑嘻嘻地出现在了我们面前："欢迎，欢迎到山上发呆。"

发呆？几个朋友大笑。我们这次来，可不是为了来发呆的。不过，老板的爽快，很自然地拉近了我们的距离。

"发呆嘛，就是望着蓝天白云，遐想无边。"老板笑着，为我们打坐，沏上了山泉泡的热茶。

我们坐在木制的卡座里，顺着老板的目光，打量窗外的蓝天白云。不错，蓝天白云似乎很低矮，伸手即可触摸到。茶馆里特别安静，除了偶尔发出的茶具轻叩声，就是汩汩的煮茶声了。在城市生活久了，能在郊外找到这么一个好地方，真不错呢。

"老板，有小食品吗？我们挑几样。"一个朋友说。

"对不起，朋友。我们茶馆不卖小食品。"老板笑道，"那些袋装的、瓶装的食品、饮料，我们都不卖。会污染环境的。你们想吃东西，请到山下去用。"

"老板，上下山很不容易。你融融资，修个电梯嘛，山下都方便呢。"另一个朋友说。

"不好意思了，朋友。我们不想重演给名山装电梯的闹剧。何况，我们也不是名山。"老板笑道，"你们到山上来，是做有氧运动的，是要呼吸新鲜空气的。乘电梯，有什么意思呢？"

"老板，山上养几只猴子，再养几只野鸡。教猴子和野鸡做游戏，客人都爱看。还可以把野鸡杀了，给客人下酒。"又一朋友说。

"对不起，朋友。驯化的猴子和野鸡，还是到城里动物园去看。想吃肉喝酒，可以去城里的饭馆。"老板笑道："各位上山来，不是为了看猴子和野鸡的，你们是为了松弛心灵。万一，猴子被你们看到了，也想进化成人类，不是很闹心吗？"

"老板，你可真能开玩笑。我们在这里搞几天小型会议怎么样？会议代表住到山上，还可以看日出呢。"我自以为聪明，提出了一个特别愚蠢的问题。

"不好意思了，朋友。山上不需要高谈阔论，小心惊动了神仙！我们不接待任何会议，开会可去城里的会议中心。"老板笑道，"不过，每个月的农历丨五，我们欢迎客人到山上赏月。"

"好啊，这个创意好！中秋节，我们可以来赏月。饮茶赋词，其乐融融。不过，老板，您不是想卖月亮吧？"我呵呵笑了。我想起来有个美国人，指着天上的月球说，他要对外出租。

"卖月亮？朋友，您真有趣。月亮是全人类的，我怎么有资格出售呢？"

"不是说，让我们对着天空发呆吗？"

"哦，您说对了。我开这家茶馆，就是让城里人过来发呆的。德国哲学家黑格尔说过，'一个民族需要一群仰望天空的人，他们不只是注意自己的脚下。'朋友，现在，太多太多的人，不知忙些什么，而丢失了自己的灵魂！其实，到我们这里来的，就是为了抚平纷繁的心绪，对吧？"

　　我们都笑了。不说了，什么都不必说了。老板把黑格尔都搬出来了，我们还有什么可说的呢？

　　以后的日子里，每到周末，我们这些城里人，便逃出钢筋水泥包裹着的玻璃盒子，到郊外来爬山。我们爬到山顶，坐到茶馆里，望着天空，遐想无边。

扮演失败者

毫无疑问，演习一开始，他就急于求胜。他把演习当成了真刀真枪的战斗，率领"蓝军"小分队，摸进了"红军"的要塞，将敌之要塞搅得乱七八糟。"红军"乱了阵脚，望风而逃。他愈战愈勇，脑子里只有一个真理：不想当元帅的士兵，不是好兵！

演习结束后，他被喊到了"蓝军"指挥部。首长沉着脸色，将他盯了许久。他的心忐忑不安，茫然不知所措。他存在一种侥幸心理，自己的小分队，是立了战功的。令他想不到的是，首长没有宣布对他的嘉奖，反而宣布了对他的处分。

为什么?! 他郁闷地问。

因为，在这次战斗中，没要求你胜利。对你而言，失败就是正确的。首长硬邦邦地说。

他垂头丧气地不吭声了。他不得不承认，演习之前，首长曾经提示过他，虚晃一枪就行了，不要求他取胜。骨子里好强的他，却求胜心切，把首长的吩咐丢到了脑后。他不知道，这场演习的每个环节都设计好了，"蓝军"小分队只许失败，不许胜利。由于他的逞强好胜，导致"蓝军"以失败告终。

鬼知道，首长是怎么想的啊。

他无奈地接受了调令，到军校读书去了。可他心里不服。演习是为了打赢未来的战斗，而未来的战斗什么情况都可能发生。让自己扮演失败者，究竟是什么道理呢？不想当元帅的士兵，是好兵吗？

他没想到，指挥演习的"蓝军"首长也到军校学习了。他和首长成了同学。嘿嘿，想不到啊！

既然作为同窗，就要时常在一起讨论各种问题了。有一天，学员们谈论"真与假"的命题，首长同学和一些学员争论起来了。首长同学说，如何把事情做好，这涉及真与假的命题。现实生活中，仅有"真与假"的思维方式是不够的，还需要进行更为深入的思考。因为，思考者生活在人与人之间，会经常碰到一些悖论。而战争常常以假象来迷惑敌人，甚至要牺牲局部利益，换取全局的主动权。

他一言不发地听着首长同学阐述观点。其实，他已经接受了首长同学的观点，也赞成这样的观点。真的不一定对，假的不一定错。可是，一想起那次演习，他还是耿耿于怀。终于，他忍不住问首长同学：那么，不想当元帅的士兵，是个好兵吗？

首长一愣，继而笑道：当然了，不想当元帅的士兵，同样能当个好兵！因为，元帅只有一个！士兵不能都去当元帅！士兵的天职是服从命令！当一个好兵，首先必须服从命令，打得赢，撤得走，败得起！

他的脸刷地红了。他明白首长同学说"败得起"是故意让他听的。显然，首长同学没有忘记那场演习，首长同学是在暗指他"败不起"呢！

那么，上梁不正，下梁未必歪喽？他突然以挑衅的口吻向首长同学发动了进攻。

哈，当然！当腐朽的大梁自掘坟墓的时候，挺起脊梁的，往往是那些生机勃勃的下梁！这有必要怀疑吗？下梁是脚踏实地的，更是忍辱负重的。对吧？首长同学以守为攻地反问。

他知道，首长同学这么回答，也算是给他面子了。他像只泄了气的皮球，再也无力蹦起来了。

首长同学继续侃侃而谈：刚才这位同学的提问，表达了一种逆向思维。作为军人，逆向思维的方式是极其可贵的。比如，"宁当凤尾，不做鸡头"、"车到山前没有路"、"后下手为强"、"沉默不是金"、"好马也吃回头草"、"英雄所见不同"……都是逆向思维的典范。所谓的经典，就是这样颠覆的；所谓的格言，就是这样重塑的。打赢未来战争，需要彰显我们的个性！

您是说，军人要做逆流而上的鱼吗？他鼓起勇气说。

脑子里一定要这样思考！但行动上，该失败就失败，敢于以败为胜！现实生活中，面对复杂的局面，更要学会扮演失败者！人生如果不学会扮演失败者，那将可能永远失败！首长同学语重心长地说。

他心中一震，茅塞顿开。

由于你不肯扮演失败者，所以，你才成为失败者，把我也牵连成了一个失败者。首长同学打趣地说。

他深深地埋下头，终于承认自己是个失败者了。

耳 朵

他总是面带笑容，静观身边的一切。也总是有人在他面前侃侃而谈，间或，也征求他的意见："您说呢？"

"什么？叫我说什么？"他做侧耳倾听状，请对方复述一遍。

"哦，您的耳朵坏了呀！"对方不好意思了，提高嗓门，将要说的话，又说了一遍。

他佛似的笑着，温文尔雅地发表了自己的见解。

"您怎么不办个残疾证呢？您这个身份，有个残疾证，到哪儿都方便嘛。乘车半票、免费旅游，每月还有 1000 多块钱的补贴……"

"那么多战友都没命了，可我的脑袋还在啊！"

听他这么说，人们无不钦佩。人们互相咬着耳朵，说了些他听不见的话。他这个人啊，就是厚道。明明是在战场上伤的耳朵，转业后又在民政局工作过，办个残疾证，也是名正言顺嘛。别人的证，他都给办了，自己的证却不办，脑子里装的是浆糊吗？

他听不见人们怎么说，但明白人们会怎么说。他也不和人们争辩，过着与世无争的日子。除了听力有障碍之外，身体的其他器官都是好好的，有什么必要办伤残证呢？也许，办了残疾证，自己就真的成为残疾人了。

他潜心做事，努力做着分内的事。闲下来便静立于街头，用目光捕捉社会生活的一道道风景。在一个阳光明媚的上午，他以特殊的感受，获得了新奇的发现。他先后见到了这样一些残疾人：跛脚者、佝偻者、截肢者、偏瘫者……跛脚者努力保持着平稳的步伐，肩膀一高一低，似乎是路不平造成的。佝偻者走起路来猫着腰，却大摇大摆，如入无人之境。截肢者戴着一只白手套，神态祥和，像是随时要和地下交通员接暗号。偏瘫者摇着轮椅进退自如，有若使用遥控器……和他们比，自己的听障又算得了什么呢？他的心胸更坦然了，状态更达观了，既像是德高望重的老先生，又像是天真烂漫的老顽童。

他越是这样，人们越是把他当成了大境界。不是吗？他上过战场，伤了耳朵，却不居功自傲，更不给自己办残疾证，他不是大境界，谁是大境界呢？"曾经沧海难为水，除却巫山不是云"啊！

于是，人们心里有什么烦恼，都愿意对他说说；有什么困难，都想让他给拿拿主意。

"让我说什么好呢？有什么想不通的，到火葬场转转，啥事都没有了。"他总是拿"火葬场"说事，拿"火葬场"息事宁人。"火葬场"成了他的口头禅、灭火器。

听他说"火葬场"，人们都笑了，都释然了。火葬场，是人们最不想去的地方，可又是人们不得不去的地方。现在是给别人送行，将来是必须亲自去，想不去都不行。人们一想到那个地方，心里的疙瘩，很容易就化解了。

"人生的许多烦恼，都是由耳朵造成的。"他说。

他真的入了境界，双耳不闻窗外事。每天，只见他的耳朵上塞着耳机，在街头晃荡。是助听器？还是 MP3？都不是。他不想听见任何喧闹的声音，更不会陶醉于悦耳的音乐中。他的耳朵塞满了，听不见任何声音。听不见声音的感觉，真好啊。听不见尘世的喧闹，才能静心过日子呢。他想。

许多人向他学习，耳朵里也塞着东西，却总是忍不住想听见各种声音。

阿是穴

"阿是穴，就是哪儿疼掐哪儿"。大师掐着我的脖子说。

一个时期以来，我伏案写字，脖子又酸又疼，硬得嘎巴巴响。

大师掐着我后脖子上的硬筋，将我掐得龇牙咧嘴。我领教阿是穴的厉害了。经过大师的掐治，不消一刻，我原本僵硬的脖子松软了许多。

大师一边掐我的脖子，一边同我聊天。很自然就聊到了中医西医之争。"中医治的是得病的人，西医治的是人得的病。中医先望闻切问，从整体上观察人的病态；而西医呢，一有病就把你弄到流水线上去，一个零件一个零件地排查，哪个零件坏了，就治哪个零件。心脏坏了，就挖开胸膛，安个支架。"

我笑了。照大师这么说，如果西医看我的脖子，就该卸掉我的脖子了。

"你笑什么？我可不是鼓吹中医，贬低西医。治病，必须得有中医，也必须得有西医。一个社会，分工不同，有马有驴，各干各的活。中西医结合治疗，但绝不是非驴非马的骡子。"

听大师说驴说马说骡子，我又忍不住哈哈笑。大概是我笑岔了气，竟痛得腰直不起来了。

"趴下，治腰！"大师命令我趴到硬板床上。

大师开始掐我的腰了。我不知他掐的是什么穴位。根据大师的理论，"哪儿疼掐哪儿"，大概他掐的是阿是穴的"连锁店"吧。

大师掐着我的腰，同我继续聊着。这回，他聊的是死刑。嘿嘿嘿，他居然同我聊上了死刑。"联合国近 200 个会员国中，废止死刑的有 110 多个国家。"大师侃侃而谈。

"我认同这样的观点：死刑的震撼力，小于终身监禁。如果，大家都过上了小康生活，活得好好的，谁愿意享受终身监禁呢？但现在，还不行，终身监禁的条件还不成熟。犯人住进监狱，有饭吃，他为什么不住进去？所以，目前的条件下对那些罪大恶极的犯罪分子，还是要执行死刑。"

听他这么说，我想起了一位熟人，他因为重案掉了脑袋。如果，他活着，听到大师说这番话，会怎么想呢？

掐了半个小时的腰，我从床上爬下来了，穿好了鞋子，准备离开大师的诊所。可是，我刚走了两步，右腿却疼了起来，疼得我一瘸一拐。

大师令我坐下，开始为我掐腿。又是阿是穴，"哪儿疼掐哪儿"。是的，大师为我掐腿的时候，又滔滔不绝地扯开了。这回，他聊的是爱情。嘿嘿，大师同我聊爱情！"爱情是什么？爱情就是心心相印。谈恋爱的时候，你看见女朋友打一把伞，心疼得会立即接过来。可是，结婚以后呢？女朋友变成老婆了，你就麻木了。她在厨房里烧菜，小孩子缠着烦她，而你却跷着二郎腿看报纸，用宜兴紫砂壶喝茶。"

大师说的是谁呀？我瞅瞅屋里没别人，脸倏地红了起来。

"有人研究过兔子。先给兔子吃一些高脂肪食品，升高它们的胆固醇。然后，把它们分成两组，一组的兔子有人亲抚，另一组则无人理睬。一周后，奇迹出现了，那些被人爱过的兔子，胆固醇降低了 60%。瞧，爱，就是这样神奇。"

我无言以对，只能龇牙咧嘴掩饰面色的尴尬。

掐完了腿，我正式向大师告辞。我有几分心虚，不敢直视他那双目光如炬的眼睛。我一转身，正要离去，忽然头晕目眩，眼冒金星。天旋地转中，我惊叫了一声。大师手疾眼快，一把扶住了我，将我弄到了床上。我紧闭双眼，任由大师摆布。"躺好，我给你掐掐脑袋。"大师叮嘱我。

又是阿是穴？又是"哪儿疼掐哪儿"？

果真，大师开始掐我的脑袋了，我的肉脑袋，被他一把一把地掐着，掐得我哼哼叽叽，痛苦不堪。大师一边掐我，一边说我："你这个人啊，心事太重！你一进门，我就看出来了，非得把你全身掐一遍，才能彻底给你排毒！你说吧，你说哪儿疼，我就给你掐哪儿！"

我不搭腔，随大师怎么说好了。

大师掐着我的脑袋，我处于半昏迷状态了。这种状态挺好，人间的任何烦恼，我都不想了。不想烦恼，真好。

"你喜欢看戏吗？"大师问我。

我摆摆手，算是回答。

"我建议你经常去看戏，到剧场去看，不要整天泡在家里看电视。电视是斗室文化，剧场是群体文化。躺在床上看电视的人，最容易孤独，上了岁数，就是老年痴呆！而到剧场看戏，现场感受观众的笑声，就容易满足潜意识里的精神需求！孤独的现代人，特别需要聚会！当然，更重要的是，看了戏剧，是为了走出戏剧。戏剧是以假当真的，你只需要让情感借助于想象力达到理想的故乡。"

我静心聆听，大师的话，已经入耳入脑了。

出乎意料的是，大师掐完了我的脑袋，并没有扶我起来，而是又转移到我的双脚上去了。我的脚，并不疼啊，大师为什么要掐我的脚呢？

大师说："你别奇怪，有的时候，就是需要头疼医脚，脚疼医头！像你这么忧郁的人，掐哪儿都是穴位。"

又是阿是穴吗？真叫我困惑不解了。

顷刻间，我却感到经络畅通了。我恍然大悟：阿是穴的最高境界，就是大师想掐哪儿，就掐哪，让他随心所欲吧。

我索性闭上双目，静静地养神了。大师在我的耳边，不停地说着他想说的话。什么非物质遗产、临终关怀、高等教育、反恐怖袭击……他想说什么，随口就说。在他的催眠曲中，我有了倦意，昏昏入睡了。

可是，梦还没醒，黄昏就来了。

大师将我扶起来，告诉我，可以离开了。我神清气爽地离开了诊所。回头望望诊所的牌子，竟看见了四个闪闪发光的红字：话聊之家。

盲人的目光

　　盲人的目光是明亮的。朋友们不要以为我说话没谱。真的，盲人能"看见"世界。不信的话，可以随我去见见搞按摩的老杨。

　　老杨一听见脚步声，就知道是我来了。近几天，我一直在他的按摩店做按摩。宣传部要我采访老杨的事迹，将他列为"十佳"市民候选人。不过，我不是以记者的身份来找他的，我是以病人的身份来看病的。这些年，点灯熬油写文章，我落下了颈椎病，请老杨给捏捏脖子，顺便和他聊聊天。采访的门道也就在这里了，功夫在诗外嘛。

　　再来找老杨，彼此已成了熟人，说话也就随意了。"昨天，交警队来找我了，让我配合一下，去十字路口拍个镜头，拿到电视台播放。"

　　我笑道："就是交警扶你过马路吧？怎么不找个老奶奶呢？"

　　老杨说："宣传交警嘛，老奶奶又不是交警。"

　　我哈哈大笑。不说了，这年头，大家都不容易，交警也不容易！当然，我知道，老杨是个有经验的盲人，平时过马路，不用任何人扶他。

　　"你能看见红绿灯吗？"我向老杨调侃。

　　"看不见。不过，红灯、绿灯啥时候亮，我知道。听呗，听车辆往哪边行驶。盲人嘛，主要是听。耳朵，就是盲人的眼睛。盲人没有不会过马路的，盲人知道路该怎么走。"

"说也奇怪，马路上轧死的，都不是盲人，都是眼睛好使的人。"

老杨嘿嘿地笑了。老杨告诉我，他虽然看不见，但什么事都瞒不过他。不久前，家里的电脑不能上网了。老杨给网通公司打了电话，说是"猫"坏了。维修人员上门服务，见到盲人老杨很惊奇。问他怎么知道"猫"坏了？老杨说，好"猫"灯亮，灯不亮，不是"猫"坏了吗？老杨又说，是老婆告诉他灯不亮的，老婆并不知道该不该灯亮。

我大笑。谁说盲人看不见？盲人是心明眼亮的。

我换个话题说："老杨，我请教您一个问题。为什么吸烟的人，明知道对身体有害，可还是要吸烟，就是戒不了？是不是可以说，吸烟也有好处呢？比如，激发创造力？产生亲和力？至少，也有王者风范啊。"

老杨驳斥我说："吸烟没有任何好处！有什么创造力？如果说有的话，那也是歪点子。亲和力，更是无稽之谈，临死拉个垫背的。至于王者风范嘛，免谈。你看见过骷髅吗？那就是吸烟者的下场。美国的烟盒上都印着骷髅，就是提醒人们不要吸烟。吸烟，害人又害己！"

我赞同地说："我真倒霉，每天，要吸很多二手烟！"

老杨叹了口气："那就是你的悲哀了。也许，你不吸烟，显得很不合群吧？"

我真佩服老杨。他虽然眼睛看不见，可世事洞察。不过，我还是嘴硬地说："我只能保持清高了！"

老杨不说话了，狠狠地压着我后脖子上的穴位。过了片刻，他松开手说："好了，休息一下吧，我打个电话。"

老杨摸到电话机旁，很熟练地按着数字键盘。盲人打电话，并不奇怪，熟能生巧嘛。早年我当兵的时候，练习夜战，常常蒙上眼睛，也是这个道理。因为，心里有一套路数，总能抵达目的地。关键是要心静。心静，才会掌握细节，而盲人是通过细节来把握世界的。

老杨的电话没打通。"一个朋友，也是干我们这行的。他到加拿大搞按摩去了。前几年，总是来电话，叫我过去一起干。可现在，我真想去了，却联系不上了。知道我想去，人家再也不来电话了。"

"人心隔肚皮嘛。"

"目光有时候是桥梁，有时候又能把人隔断。"

我笑了，老杨说得很有哲理啊。我正想说几句安慰他的话，门外来了一群人。这群人一进来，就把喧闹、热烈的气氛带进来了。"老杨，听说你当十佳候选人了，祝贺你啊！我们都是你的粉丝，一定投你一票！"

老杨笑道："谢谢你们，但我提醒你们，无论是用电脑投票，还是用手机投票，或是填写选票，每人只能投我一票，不许多投！"

"老杨，你真诚实啊！听说，有人为了当十佳，动员了 1000 多台电脑、3000 多部手机，而且，买通了投票公司，让机器反复投票！"

老杨平静地说："通往真相的道路，只有一条。"

按摩店静了下来，很静很静。

盲者无疆啊。我的心中豁然明亮，知道采访稿该如何动笔了。

圣诞老人在梦里

　　我们苹果国，是没有圣诞节的。因为，我们认为，世界上并不存在圣诞老人。只有西方的香蕉国、鸭梨国、葡萄国……才有这个节日，西方国家在圣诞节这天，狂欢不已。近年来，由于西风渐进，我们苹果国也有人跟着瞎起哄了，煞有介事地过上了圣诞节。有人还挖空心思地编写什么"剩蛋"短信，调笑朋友或捉弄窝囊废。

　　世界上真的有圣诞老人吗？带着疑问，我询问了本国的一个小伙子："朋友，请你告诉我，你见过圣诞老人吗？"

　　小伙子笑笑，什么都没说，快步走掉了。

　　我又问一个中年人："先生，你相信世界上存在圣诞老人吗？"

　　中年人摇摇头："什么圣诞老人？我肚子都填不饱，他怎么不来慰问我？"

　　我再问一个老人："老大爷，您知道圣诞老人吗？"

　　老人生气地说："不要对我说什么剩蛋。剩蛋过什么节？给剩蛋过节，真是个剩蛋！"

　　我明白了，在苹果国问这样的问题，是很愚蠢的。任何一个人，都可能这样回答我。说实话，我们苹果国的人，圆圆的脸庞像只苹果，喜欢的是实惠，讨厌画饼充饥。圣诞节能带来什么？圣诞老人存在吗？

尽管如此，香蕉国、鸭梨国、葡萄国等西方国家的信息，还是通过媒体铺天盖地而来。西方国家又要过圣诞节了，据说，每年过圣诞节，人家都会花样翻新呢。我决定探探虚实。怀着好奇心，我踏上了国际航班。

　　我首先来到了香蕉国。香蕉国里充满了节日的气氛，街头有许多圣诞树，还有许多圣诞老人的招贴画。我扯住一个"大香蕉"问："先生，请告诉我，圣诞老人真的会光临吗？"

　　"大香蕉"挠了挠黄头发说："哦，你是从哪里来的？你怎么可以怀疑圣诞老人呢？我告诉你吧，圣诞老人是存在的，这绝不是谎话。在这个世界上，如同有爱、有诚实、有同情心一样，圣诞老人确确实实是存在的。"

　　"圣诞老人在哪里呢？他真的像贵国传说的那样，从烟囱里钻出来吗？"

　　"哈，圣诞老人从哪里钻出来，并不重要。问题是，如果没有圣诞老人，这个世界将会多么黑暗、多么寂寞啊！"

　　我对"大香蕉"的话，将信将疑。我又问了许多人，他们都告诉我，圣诞老人是存在的，不然的话，怎么会有如此盛大的节日？

　　我若有所思，从香蕉国来到了鸭梨国。该国也弥漫着节日的气息，人们都在选购节日礼品，一个个显得兴奋异常。

　　我拦住一个"小鸭梨"问："小朋友，你相信圣诞老人存在吗？"

　　"小鸭梨"用不容置疑的口吻说："为什么不相信呢？不相信有圣诞老人，和不相信有妖怪是一样的！大叔，您是从苹果国来的吧？"

　　我愣住了，无言以对。"小鸭梨"用清纯的目光瞥了我一眼，迅速地跑掉了。

　　我从"小鸭梨"的目光中读出了什么。这个世界上最真切的东西，就是孩子的眼睛。是的，我相信了这个孩子。相信孩子，才会相信世界上那些最美好的东西。

　　没必要再去葡萄国遛腿儿了。我知道，到了葡萄国也一样，那里的人，也在为圣诞节做准备，也要在这一天狂欢。可以说，在西方人的心目中，圣诞老人不但存在，而且，永远不会死亡。一千年以后，一万年以后，圣诞老人还会和现在一样，让每个人都高兴起来。因为，人们需要友谊、真诚、信赖、温暖、智慧、善良、诗意、想象力……而这一切，只有圣诞老人能够给予。

带着重大收获，我在圣诞节这天，回到了苹果国。可是，我刚回来，就听到了不幸的消息。圣诞节的前夜，也就是平安夜，一些人在酒店狂饮烂醉而死于火灾……

我在街头溜达，看见不少商店打着"圣诞节"的旗号，正在搞促销。而人们的脸上，虽然都有喜色，但总让人觉得缺少了什么。哦，我明白了，人们缺少的是浪漫的诗意！

我无话可说。

好在我看见了苹果国的一群孩子。这群孩子和我见过的那个鸭梨国的"小鸭梨"一样，目光是清纯无邪的。他们的目光告诉我，世界上的某些事情，是根本不用我老人家操心的。

大概，因为我看见了这群孩子，圣诞节之夜，做了个美梦。在梦里，我看见了苹果国的一群孩子，围着圣诞老人唱歌跳舞。

城市的炊烟

城市的楼群间，冒起了一股炊烟。老梁又开始埋锅造饭了。没错，他烧的是劈柴，用的是铁锅，烧出来的饭菜，味道那个香啊。许多人忍不住用力地抽起了鼻子。

自打老梁搬过来，就开始在露天里烧火做饭了。人们都看到了，他用大铁锅蒸馍、烙饼、煮米、炒肉、炖菜，一日三餐，有滋有味。是的，他从来不用楼里自家的厨房，不用液化气，不用煤制气，也不用蜂窝煤。他古野得很，一直都坚持在露天烧劈柴。劈柴有的是，树枝啊、杂草啊、破木头啊，到处都有，拾过来，就可以烧火做饭了。

也有人想管管他。"老梁，你这不是太古代了吗？老梁，你是住在城市啊。"社区工作人员出现在老梁的面前，希望老梁放弃这种野人般的原始生活，回归到楼房里，过现代化生活。

老梁笑笑。"碍着你们了吗？水、电、气……我用不习惯，这费那费的那么贵！我也不用你们救济，我自食其力不行吗？"

这个老梁！社区工作人员摇摇头，什么都不说了。平心而论，老梁他没找过社区的麻烦，还是不惹他吧。好在，老梁住在一楼西头，楼头有几棵树，比较隐蔽，他想烧火就烧火吧，不影响大局，随他去吧。

老梁不但烧火做饭，还开荒种地。楼头有一小片空地，他种上了白菜、豆角、茄子、南瓜、黄瓜……他种得郁郁葱葱，种得生机勃勃。他还给菜地围上了栅栏、鸡啊狗啊什么的跑不进去。是的，老梁养了几只鸡，有公鸡有母鸡，公鸡司晨，母鸡下蛋。狗呢，就不用说了，狗不是老梁养的。楼上的人家，养狗的多，每天都要把狗牵下楼遛遛。养狗的人，也跟老梁开玩笑：狗屎可以肥地呢！

老梁总是招呼人们品尝他采摘的蔬菜，还有他用铁锅蒸的红薯、玉米和花生，也不知他从哪儿搞来了这些绿色食品。人们都很懂道理，知道这些东西来之不易，只抓一丁点尝尝。末了，人们拿出用钝了的剪子、菜刀，让老梁给磨磨。老梁取出条凳，将磨刀石捆好，一推一推地磨起来。有人便在一边高声吆喝："磨剪子来戗菜刀！"磨好了剪子、菜刀，主顾会掏出一块钱，递给老梁，嘴里顺便说一声"谢谢啊！"

这种刀耕火种的日子就过得很快乐。

当然，最快乐的时候，是一些小孩子围住老梁，看他熬糖稀、吹糖人。老梁用红薯熬出来糖稀，再用糖稀吹成各种各样的糖人，有孙悟空、有猪八戒、有小老鼠，还有空心葫芦……小孩子们并不白白让老梁吹，而是将一些废品扔给老梁。如废纸箱、旧书刊、破铝壶、锈铁棍……是的，老梁将这些废品送到收购站去，能换回来些零钞。这就是老梁的另一种社会身份了。可以说，他是个破烂王，或者说，环保工作者。

老梁是乐此不疲的，并不自卑。望着老梁快乐的样子，许多人都纳闷："他是怎么看待人生的呀？"

怎么看待人生？这个话题太复杂了，太不好回答了。当有人问到老梁的时候，老梁真的不知该怎么回答。于是，有人就把话题变了变，变成了"您是怎样看待快乐的？"要老梁回答。

老梁淡然一笑："快乐，就是不生病、不闹心嘛。"

问话的人呵呵笑了。老梁说得多好啊，多正确啊。老梁的话，与古希腊的一位哲学家很相似呢。古希腊那个哲学家说，"人生的最大快乐就是身体无痛苦，灵魂无纷扰。"往古希腊哲学家身上一联想，就觉得老梁不得了，觉得他是个哲理大师。于是，问话的人，就把老梁说的话传出去了。很快，老梁关于"人生的阐述"就四下里传开了。

有一天，老梁的楼头来了一群人。这群人一到，就说是来寻找快乐的。他们要和老梁同吃同住同劳动，搭起了帐篷，卸下了成捆的木柴和带包装的杂粮野菜。有人还支起了行军锅，要老梁教教怎样熬糖稀、吹糖人；也有人拿出了剪子和菜刀，要老梁当场给磨一磨。当然，他们还带来了录像机和照相机，争着与老梁合影，说是要留下人生最美好的瞬间。

老梁啥都没说，啥都没做，一路小跑，去了社区办公楼。

社区工作人员听老梁说了情况，哈哈大笑。老梁央求道："帮帮忙吧，把他们撵走！"

社区工作人员跟着老梁，见到了那群人。

社区工作人员费尽了口舌，总算让那群人开路了。那群人开路的时候，很不情愿，嘴里叽叽咕咕的，说着怪话。老梁听见有人说："真吝啬，人生的美好境界，他要独吞吗？"

社区工作人员低声安慰老梁，要他不要介意，最好装傻，永远装傻。

老梁很听话，嘿嘿地傻笑起来。

那群人看着老梁傻笑，啥都不说了，一个个踩着脚印，叽叽嘎嘎地离开了。

异乡人的孩子

　　老师号召大家去于小黑家参观。于小黑虽然家境清贫，可他的学习成绩最好。老师说，于小黑是异乡人的孩子，他家比谁家都穷，你们去他家看看，你们就知道该怎么努力学习了。

　　每当老师这么说的时候，于小黑总是低下头、黑下脸，一张小脸又红又黑。

　　几个同学却在悄悄扮着鬼脸。他们不爱听老师的话，真的，很不爱听老师的话。老师总是用表扬于小黑来打击他们，用于小黑的贫穷来教育他们。

　　没人去于小黑家参观，一个人都没有。谁都不愿意去。一个异乡人的破家，又穷又脏，去看什么看？但同学们还是要给老师一点面子的。或者说，还是要给于小黑一点面子的。

　　同学 A 说：小黑，咱俩换衣服穿吧，就穿一天，让我沾沾你的灵气。

　　同学 B 说：小黑，把你的旧鞋子送给我吧，让我走上奋斗之路。

　　同学 C 说：小黑，我可以和你换书包吗？我的书包一百多块钱呢！你的书包值多少钱呢？5 块钱吧？

　　同学 D 说：小黑，从你家给我带馍吃吧，我给你买面包吃。听说，你娘蒸的手工馍很好吃。

少年梦·青春梦·中国梦——中国故事
〔秦德龙〕 不跪的人

……

于小黑的脸，更红更黑了。

于小黑没有满足任何一个同学的要求。贫穷就是贫穷，贫穷是不能送人的，也是不能和任何人交换的。于小黑知道，只有好好读书，将来考上大学，才能甩掉贫穷的帽子。知识改变命运。

于小黑更加死命读书了。

老师却不死心，老师还在动员大家去于小黑家参观。于小黑这个典型太好了，太难得了。美就在身边，我们缺少的是发现美的眼睛。老师一定要把于小黑这个典型发掘出来，让他成为照耀全班同学进步的灯塔。可是，没有人去于小黑家参观，这怎么办呢？老师想到了学生家长。对，就让家长们了解于小黑的事迹，让家长们去于小黑家参观！

老师召开了家长会。老师声情并茂地讲述了异乡人的孩子于小黑的故事。老师说：一个异乡人的孩子，家境那么清贫，学习成绩却很拔尖，难道不值得我们学习、参观吗？天将降大任于斯人，必先苦其心智、劳其筋骨、饿其体肤！

家长们点着头，深有体会地点着头。老师说得太对了，现在的孩子，就是缺乏吃苦，就是需要清贫！梅花香自苦寒来，不吃苦中苦，怎做人上人?! 与其花钱送孩子去参加拓展训练，倒不如带孩子去于小黑家参观！

于是，家长们围住了于小黑，提出要去他家观摩。

家长 A 说：小黑同学，你应该欢迎我们，我们是到你家学习的！

家长 B 说：小黑同学，贫穷也是财富，我希望我的孩子能和你共同拥有这笔财富！

家长 C 说：小黑同学，我真心希望，我家孩子能和你成为最好的朋友，一帮一，一对红！

家长 D 说：小黑同学，就算是有偿参观吧，付给你参观费，行不行？

……

于小黑低头不语，晶莹的泪珠在他的眼眶里打转转。于小黑很想大哭一场，痛痛快快地大哭一场。

于小黑可以说"不"！

于小黑大声地说了"不"！

于小黑不想让自己家的贫困成为别人的反面教材。

老师很遗憾。

家长们很遗憾。

同学们却不遗憾。因为，同学们获得了解脱。于小黑不同意去他家参观，这不是让每个同学都解脱了嘛。不然的话，于小黑这个反面教员，会成为他们心中永远的阴影。

同学 A、同学 B、同学 C、同学 D 等人在一起商量，一定要消灭于小黑这个阴影。从明天起，给于小黑吃奶糖、吃冰淇淋、吃克力架、吃火腿肠、吃肯德基、吃炸薯条……先让他从嘴上变馋，再把他从学习上变懒，彻底将他和平演变。他们相信，要不了多久，于小黑就会和他们一样了，天天花零钱、完不成作业。

可他们哪里想到，第二天，异乡人的孩子于小黑没来上课。听老师说，于小黑转学了。

儿童听证会

这是一个喜欢召开听证会的城市。隔三差五，人们就要煞有介事地召开一场听证会。现在，儿童听证会也要召开了。儿童听证会的主题是：儿童要不要向学校（幼儿园）上交分类垃圾？

因为有关部门要在儿童中开展评选"环保童星"活动。评选总得有个标准吧，有人就提出来，不妨开个儿童听证会，听听儿童和家长的意见，也算是集思广益吧。

朱学文被选为儿童听证委员会委员。是老师让他当委员的。老师说：你要珍惜这个荣誉称号。因为，你是异乡人的孩子。你父母进城打工不容易，你能进城市读书也不容易。希望你能在听证会上投出自己神圣的一票。

朱学文知道，老师是让他投赞成票。

现在，朱学文坐在会议室大厅里，像听证委员会的其他委员一样，若有其事地听着与会代表做陈述性发言。陈述人是初中生、小学生、幼儿园孩子、儿童家长。朱学文听了第一轮发言后，明白了陈述人大致分两派意见。

一派是赞成派。赞成派的观点是：没有形式上的积累，就不会有心灵上的触动。儿童每天上交分类垃圾，这不仅有助于培育儿童的自身素质，也有利于提升全民族的素质。

另一派是反对派。反对派的观点是：儿童的主要任务是学习和健康成长。如果让儿童收缴垃圾，极有可能危害儿童的健康，也会误导儿童的价值取向。例如，有的儿童为了完成任务，可能会去书报亭买报纸交给老师。

两派的观点各有亮色，听众席不时传来笑声和掌声。主持人也是个儿童，当然，也是个小人精。朱学文不知道她的名字，但在电视上见过她。她不但主持电视台的少儿节目，也在电视剧中客串过角色。朱学文家里有一台旧电视，是爸爸从垃圾箱里捡来的。所以，小人精一登台，朱学文就认出她来了。说实话，朱学文没怎么用心听陈述人发言，心思放在近距离观赏小人精上了。

小人精是个伶牙俐齿的小人精，不断地煽情，鼓动正反双方将各自的观点上纲上线。上到一定程度，就让听证委员会进行第一轮投票了。20 个委员投票，赞成的 8 票，反对的 7 票，中立的 5 票。

朱学文投了赞成票。因为，他想起来老师要他投赞成票。

第一轮过后，第二轮是自由辩论。辩论比陈述精彩，双方唇枪舌剑，不时有笑料爆出。正方有个儿童说，如果从小不会分类收缴垃圾，长大了就不能出国，出去了也会被罚款，要不就会被老外给撵回来！反方有个儿童说，每天收集垃圾到学校，像个收破烂的，时间用在学习上有多好呀。正方有个家长说，爱护卫生，人人有责，收垃圾算什么，我小时候还收缴过苍蝇呢！有一年夏天，我上交给学校 999 只苍蝇！反方有个家长说，我小时候，为了给学校交废品，把家里的易拉罐全倒了，老师奖励了我一朵小红花，家长奖励了我一顿暴打！

……

小人精宣布，听证委员会进行第二轮投票。小人精强调说，第二轮投票，每个委员都要慎重，这是最终表决！

朱学文犹豫了。第一轮，他投了赞成票。可这一轮，他想投反对票。刚才，正反双方辩论的时候，许多人都在笑，他没笑，他反倒想哭。他心里知道，为什么想哭。爸爸就在环保局下属的垃圾处理站打工。也许，正因为这个，老师才指派他担任听证委员会委员的，才让他来参加儿童听证会的。可他实在是反感"垃圾"这个词，他希望远离这个词，越远越好。

他不想赞成，但也不能反对。于是，朱学文投了中立票，也就是弃权票。投票结果很快就出来了，赞成的 9 票，反对的 8 票，中立的 3 票。

小人精宣布，儿童听证会的表决结果，将请有关部门上报市政府办公会议批准。

朱学文默不作声地溜出了会议大厅。他怕有人看出来他是异乡人的孩子，怕人家说他是垃圾处理站工人的孩子。

回到学校，朱学文看见了老师。他想躲开老师，老师却喊住了他。老师黑着脸说：听证会一散，那边的电话就过来了，你投了中立票。你怎么这么不争气呢？我和你怎么交代的？你是猪哇？脑子这么笨！你太不珍惜自己的神圣权利了！

没多久，有关部门颁布了学生向学校上交分类垃圾的规定。一些同学私下里找到朱学文说：你帮忙搞点垃圾吧，每天带到学校来，给你按数量付款，当然，优质优价！

同学们都在电视里看到了儿童听证会的专题节目，也都知道了朱学文的爸爸在垃圾处理站打工。

老师发来了短信息

老师有个手机。老师天天用手机给家长发短信息。老师说，为了让同学们好好学习，老师要给家长发短信息。

毛毛无所谓。因为，毛毛的爸爸毛根没有手机，没有钱买手机。

老师让毛毛把毛根喊到学校。老师当面向毛根发出了告诫：家长必须配备手机，不然的话，信息不对称，会耽误孩子的学习。

毛毛看见爸爸的脸色红了又白了，白了又红了。

砸锅卖铁，也不能耽误了毛毛。毛根明白这个道理。毛根咬着牙，去了电信公司。在电信公司门前，他买了一个旧手机。毛根对毛毛说：你要好好学习，不然的话，对不起手机。

毛毛点点头。

毛根说：一般情况下，咱不接打手机，双向收费，买得起"鸡"，养不起"鸡"。咱只接收老师发来的短信息。你把手机号报给老师，告诉老师，咱也有手机了。别让老师瞧不起咱，别让同学笑话咱！

毛毛又点了点头，鼻子有些发酸。

老师很高兴地记下了毛根的手机号码，又让毛毛交了 10 元钱信息费。

当天下午，毛根的手机就接到了老师发来的短信息：毛根同志您好！您家毛毛今天完成了课堂作业。望今后注意个人卫生，请您给他修剪指甲。

晚上，毛根拿出一把剪刀，给毛毛剪了指甲，还带毛毛去洗了澡。

毛毛知道，老师发来了短信息。

这样的短信息，真好。毛毛想。如果，老师天天发来这样的短信息，那就好了，自己就像个干净的城市孩子了。毛毛希望，老师能多发短信息，让家长给孩子提高营养。爸爸收到这样的短信息，就会买来火腿、香肠、面包、牛奶。

可是，老师似乎不在意学生的营养，只在意学生的素养。老师总是讲要如何提高学生的素养。这让毛毛很失望。

毛毛不懂老师。老师白白胖胖的，营养已经过剩，老师所操心的，是如何在下一轮竞聘中，立于不败之地。因此，老师要出业绩，出让人瞪眼睛的业绩。老师琢磨出了"信息沟通互动法"，让每个学生家长配备手机。

老师把自己探索的"信息沟通互动法"报告了校长。老师特意说明，最后一名异乡人的孩子，也拿下来了，全班学生的家长，人人都配备了手机！校长听了，十分高兴。校长说，一方面要向教育局汇报，一方面要在全校推广。

毛毛不知道这些。知道了也没用。知道了也不懂。

每天，毛根都会接到老师发来的短信息。

毛根说：老师真不容易，老师真累，一天得发多少短信息！

毛毛说：很多同学都害怕老师发信息，怕家长打！

毛根说：小孩子嘛，不打，怎么成才?!

毛根说到这里，甩手掴了毛毛一巴掌。

毛毛说：爸，你怎么掴我?

毛根说：掴你？我是掴手机呢！一个旧手机，花了我几百块钱！就为了接收老师发来的短信息！

毛毛说：那，你想掴，你就掴吧。

毛毛这么说着，心里冒出了一个奇怪的想法。如果自己是个不犯错误的学生，老师给家长发短信息，就没有意义。爸爸买的手机，也失去了意义。有了这个想法，毛毛就决定开一个玩笑了。于是，毛毛的作业，就写得很潦草了，像一堆烂草。

果然，第二天，老师就给毛根发了个很不好看的短信息。老师指出：毛毛错了3道数学题，2道语文题。

当晚，毛根掴了毛毛5巴掌。

毛毛一点都不觉得委屈，反而在心里窃笑。

以后，毛毛每天都要挨巴掌。有时三巴掌，有时两巴掌，有时一巴掌。

老师很奇怪，异乡人的孩子毛毛，成绩怎么下来了？于是，老师用手机和毛根做了热线沟通。

结果是，毛毛挨了一顿狠打。

毛毛想，该结束这个玩笑了。

毛毛把爸爸的手机藏到书包里了，带到学校里了。如果老师发短信息，他及时就给删掉。

可毛毛没想到，教育局局长来调研了。校长领着局长，来到了毛毛的班上。当老师为局长演示"信息沟通互动法"时，毛毛书包里的手机响了。是老师给毛根发送了短信息。

局长、校长、老师、同学们，都听见了毛毛书包里的手机响了，都露出了惊异之色。

毛毛的书包里，藏着手机？

异乡人的孩子，怎么会有手机？

哪里来的手机？偷来的吧？！

……

毛毛浑身是嘴也说不清。他只好说是拿了爸爸的手机。

当晚，毛根扯着毛毛，在老师面前跪下了。

谁是真英雄

刘孩和杨孩，都是茁壮成长的年轻孩。有一天，他俩在公园里玩，忽听见有人喊"救命"，就一同寻声跑了过去。原来是个小学生掉到水里了，正在水里挣扎呢。

刘孩知道水塘很深，因为他在里面游过泳。杨孩不知道水深水浅，一脚就踏到水里了，朝小学生扑去。刘孩想喊住杨孩，可已经来不及了。

刘孩知道杨孩不会游泳。刘孩一边喊着杨孩，一边跳进了水中。

许多人闻声赶来了，他们都看见了刘孩和杨孩在救一个小孩子。

小学生被救上来了，肚子里倒出很多水。

杨孩也被救上来了，可他却停止了呼吸。

刘孩望着杨孩的尸体，失声痛哭。

杨孩被授予了烈士称号。杨孩和刘孩的名字都上了报纸，走进了千家万户。

有人悄悄告诉小学生，那天，救你上岸的，是刘孩，而不是杨孩。小学生眨着黑亮的眼睛，不大相信这个说法。小学生也弄不清，当时是谁把自己救上来的，他只知道，杨孩为了救他，献出了宝贵的生命。现在，知道了真相，小学生就写了一篇作文，很想把刘孩写得高大一些。可不知怎么回事，写出来的高大形象却是杨孩，刘孩只被略带了几笔。

小学生的这篇作文，被老师推荐到了报纸上。

刘孩看见了报纸，什么都没说，好像他什么都不曾做过。

有一天，小学生的父母找到了刘孩，千恩万谢地说，他们已经知道了，刘孩才是真正的救命恩人。他们表示，等将来儿子长大了，一定要让他来重谢他。

听到这话，刘孩的热泪就在眼眶里打转转了。

几年后，小学生长大了，长成了中学生。有一天，中学生在公园里找到了刘孩，要拜他为兄。中学生说：刘哥，我也说不清为什么，杨哥的形象在我的心中特别高大，虽然我知道他不会游泳。

刘孩说：为了救你，他献出了生命。

中学生说：我总想告诉大家，你才是我的救命恩人。但不知为什么，我说不出口。

刘孩笑笑：那是因为我活着。

刘孩反问中学生：如果现在有个儿童落水了，而你又不会游泳，你会不会去救他？

中学生说：会。

刘孩说：我知道了，杨哥没有白白为你牺牲。

中学生的脸色十分庄重，像要随时去赴汤蹈火。

刘孩说：可我不赞成你往水里跳，因为你不会游泳。来，我教你游泳。从今天起，你一定要学会游泳。

中学生答应着，随着刘孩下到了水里，很快就扑腾出来一些银白的浪花。

山的泪流满面

每当说起这事，山都要泪流满面。

山的家很穷。山的家在邙岭的深处，没有院墙，没有瓦房，只有一眼窑窟。山和两个弟弟，夏天总是赤肚儿，没有裤子穿，如同满山瞎蹿的猴子。

每当说起这事，山都要泪流满面。

山到了必须穿裤子的年纪，因为山要读书了。山把书读得朗朗上口，也把嗓子调得音色纯正。放学的路上，山在丛林间穿越，总要和树上的鸟儿"啾啾哩哩"地对歌。山想，鸟儿有漂亮的羽毛，而自己则没有整洁的衣裳。山经常这样伤感。少年的山，深深地埋下了忧愁的种子。

每当说起这事，山都要泪流满面。

山也知道，山外有山。于是，山把山歌唱到了天上。鸟儿是山的听众，鸟儿漂亮的羽毛，让山赏心悦目。当山把无数支歌子飘到邙岭的每一个角落时，喜鹊"喊喊喳喳"地报喜了。山就这样考上了县里的戏校，背走了家里仅有的一床棉被，去了县城。山不知道，他走了以后，家里将怎样度过寒冷的冬天。

每当说起这事，山都要泪流满面。

冬天来临的时候，山有了棉被御寒。山经常想起邙岭的家，想起爹娘和弟弟。山无法想象，爹娘会用什么办法，再添置一条棉被。棉花在哪里？棉布在哪里？山不知道。山只知道，需要棉花票，需要布票。而这些票，从哪里能够搞到？山不知道。于是，山只有叹息。

每当说起这事，山都要泪流满面。

山用功学戏，很快就成了最好的学生。老师经常表扬山，同学也都喜欢山。可山总是昂不起头来。因为山发现，自己还缺少一条棉褥。别人都有棉褥，就自己没有。山每天睡觉的时候，只能在床板上铺一条粗布床单。山知道棉褥柔软而温暖，山很想让娘给做一条棉褥。但是，山无法向娘开口，因为他已经卷走了家里唯一的一床棉被。

每当说起这事，山都要泪流满面。

山最终还是向娘说起了想要一条棉褥。因为山回家的时候，看见家里有了一床新增的棉被。尽管被面是由碎布拼接的，但毕竟是又有了棉被。山想，娘是有办法的。于是，山对娘说，戏校的夜晚很冷很冷，真的需要一条棉褥。娘的目光十分艰难，但娘还是答应了山。山的弟弟"呼啦"一下子冲到了山的面前。弟弟指着那床新增的棉被说，哥，你知道它是怎么来的吗？山发愣，山摇头。娘"啪"一巴掌将弟弟扇了个趔趄。弟弟不再吭气，逼视着山的眼睛。山永远都忘不了弟弟那鄙视的目光。

每当说起这事，山都要泪流满面。

山得到了一条棉褥。娘把家里那床新增的棉被拆了，从里面掏出一些陈旧发黑的棉花。娘又找来了一些不规则的布片，拼接成褥里、褥面。山充满了惊奇。山不明白，棉花为何那样脏，布片为何那样碎，而且，还有火烧的痕迹。山不能问娘。娘一边缝制棉褥，一边悄悄流泪。娘对山说，她还有地方找棉花，她会让家里的棉被重新厚重起来。

每当说起这事，山都要泪流满面。

山背着娘缝制的棉褥，回到了县城。山后来从弟弟的嘴里知道了那些旧棉花和碎布的来历。村里养着几个"五保户"，他们都是些丧失劳动能力的孤寡老人。村里给他们养老送终，谁死了，就把谁用过的东西烧掉。山他娘，从火堆里抢出来一些衣服和被褥，剪剪撕撕，整理出来些棉花和布片。人是被逼到绝境，是不会想出来这种办法的。山难以想象，娘怎样扑灭熊熊燃烧的火舌，又怎样悄悄地将死者的遗物转运回家中。

每当说起这事，山都要泪流满面。

山的戏校生涯，就睡在这样的棉褥上度过。棉褥是温馨的，山能感觉出母亲的温度。山从戏校毕业后，成为出色的演员。然而，山后来却改行搞起了戏剧研究。山的研究成果颇丰，却总也离不开悲壮与苍凉的主题。山说，没有悲壮与苍凉，便没有良心。戏剧的本质是良心，而不是玩具。山还说，悲壮是一种完成，苍凉是一种启示。我爱惜自己的悲壮和苍凉，就像鸟儿爱惜自己的羽毛和翅膀。山经常出现在国际饭店举行的学术研讨会上。山在论述悲壮与苍凉的过程中，总要提到自己的光屁股童年和那条充满母爱的棉褥。

每当说起这事，山都要泪流满面。

先别把他当坏人

其实，那条影子一跟上她，她就已经察觉了。她快他也快，她慢他也慢，她拐了几个弯儿，也没能甩掉他。

她意识到危险了。

半年前，也是在这条街上，也是一个路灯似明似暗的夜晚。一个男人，魔幻般闪到了她面前。"小姐，陪我走走好吗?"男人油嘴滑舌，身上散发着一种奇特的香味。

幸好，这时候，有个骑自行车的汉子过来了。她急中生智，对着汉子喊道："你怎么才来呀?!"汉子听见了她的喊话，下了车子，就朝她这边走过来了。那个浑身散发香气的男人，一转眼就跑掉了。

她对那个汉子说："吓死我了，谢谢您!"汉子笑了笑，没说什么，骑上车子走了。

今天晚上，她逛夜市逛得太晚了，一从夜市出来，身后就多了一条影子。她知道，这条影子，和半年前那家伙是一丘之貉。她望望四周，几乎不可能出现任何可以帮助她的人。一种从未有过的悲壮感，袭上了她的心头。

她突然冷静下来了。

影子从后面闪到了她的身边。"小姐，借个光，请问，几点啦?"

"你不是带着手表嘛。"她看也不看她，只顾朝前走路。

"啊，我忘了。瞧，十一点一刻了。对不起，能告诉我到石岗大街怎么走吗？"

"你不是已经在石岗大街上走着嘛。"她仍旧昂着头走路，一眼都不睨他。

影子嘎嘎地笑了起来。"小姐，我逗你玩呢！"影子更加得寸进尺。"小姐，你一个人走路，不寂寞吗？"

"寂寞什么，天上有月亮，人间有路灯，满世界都是不眠的眼睛！"她这么说着，还是没正眼瞧身边的影子。

"呦，小姐还会做诗呢。你是个文化人吧？"影子又笑了起来。"你教我识字吧，让我当你的学生！"

"我可没有扫盲的义务。"说到这里，她终于扭过头来，打量了一眼影子。"你贫不贫哪？我就不相信你没文化！当然，你那点文化，早就落后于时代了！"

"什么，你敢说我落后？我告诉你，总统套房我都睡过，我想办的事情，绝对心想事成！"影子得意地说着，脸上露出了坏笑。

"是吗？可听你这么一说，我还真是怀疑你到底有没有文化了。我说你不会说话，也不会写字，你承认不承认？"她这么说着，居然有一种聊天的感觉了。

"你这不是小瞧我嘛，我跟你说了半天话了，我是用嘴放屁呀？你还真瞧不上我呢，还说我不会写字！"他的口气，嚣张中有几分虚弱。

"你别不服气。你知道不知道，21 世纪的人，不会英语，不会电脑，那就是文盲，那就是没文化！"她的语气，好像是在同熟人争吵。

"嘿，你有理。大小姐，你说的真有理！"影子又笑了起来，笑声却显得十分僵硬。"我说，大黑夜的，小姐一个人走路，真的就不害怕吗？"

"有你护送着，我怕什么！"她不亢不卑地说。"我弟弟也像你似的，总是和姐姐油嘴滑舌。喂，你有姐姐吗？你这个调皮的家伙，是不是也经常拿你姐姐开心？"这么说着，她居然笑了起来。

影子站住了。

影子听她这么说，就站住了。

她也站住了。

"你这个人可真有意思。我还是头一回遇到你这样的女士。不过，今天晚上，我挺高兴。再见啦。Bye bye！可别认为我不会说英语呀！"

影子说完，身子一闪，消失在夜幕中了。

她拿出手帕，擦去了额头上的冷汗。她想，也许，没把他当成纯粹的坏人，才唤醒了他的廉耻感，才遏制住了他那颗膨胀的坏心。

美英的一种感觉

美英的心里升起了一种很美好的感觉。这种感觉，既像一枚暖暖的红太阳，又像一枚亲亲的绿月亮。

美英已经开始写日记了，每天一则，把心曲抒发成潺潺流淌的清泉。

完全是因为美英喜欢上了语文课。美英真的好喜欢听刘老师讲课，一听见刘老师那优美的北京口音，美英心里的花朵就热烈地开放了。

当然，同学们都喜欢听刘老师讲课，刘老师每撷一瓢水，都能把大家浇灌成幸福的花朵。

刘老师真优秀啊，古今中外，没有他开不了锁的。刘老师像一把光芒万丈的金钥匙，迷倒了一片青春少年。

刘老师讲课的风度是很有派头的，或声情并茂，或娓娓道来，每讲到情感喧腾处，就用粉笔在黑板上疾书，龙飞凤舞一般。白粉笔、绿粉笔、黄粉笔、红粉笔，笔迹一层层往上压，一堂课下来，一面黑板让他染得色彩缤纷。

刘老师从来不擦黑板。

当然，同学们都争着擦黑板。

美英也很想去擦黑板。但是她不能够。因为她是个袖珍型女孩，缺少身材优势。美英就在日记里记下观看擦黑板的感想，一种观赏五谷丰登般的很美妙的感想。

终于有一天，美英听见一个擦黑板的男同学说："压色王，刘老师真是一个压色王！"同学们当场爆发大笑，大家都想到了"压色王"是"亚瑟王"的谐音，而"亚瑟王"是中世纪传奇故事中的不列颠国王。这个玩笑也许开得过于热闹了，美英一下子觉得心情沉重起来。

刘老师全然不知自己荣获了"压色王"的雅号，仍然天龙飞舞般在黑板上抒发豪情，将彩色粉笔书写一层又一层。这个味道十足的"压色王"，真的有英国骑士团首领亚瑟王的风度呢。

"压色王"一叫就响了，红遍了校园。

美英的脸蛋已经开始为刘老师发烧。

美英将这两天的日记撕了又写，写了又撕。

美英决定给刘老师发一个信息。美英就写了一个简短的字条，夹在语文作业本里。美英在这个字条上，希望刘老师注意了，不要当"压色王"。

美英播种了一个很诚实的希望。

刘老师收到美英的信息，第二天就有了表现。刘老师认认真真地擦黑板了，写了一批字就擦一次黑板，再也不当"压色王"了。

刘老师甚至对着美英微笑。

美英却觉得刘老师的笑容有别一番味道。因为她已经感到刘老师的课堂风格变了，刘老师减少了些许幽默，减少了些许创造。刘老师讲课再不是从前那样的信马由缰了，刘老师开始循规蹈矩地讲中心思想，讲句子成分。

美英渐渐地觉得语文课没有味道了。

还是那个给刘老师发明"压色王"绰号的男同学，有一次课后大声质问道："是谁打小报告了，怎么压色王不压色了！"

这时候美英才发觉自己真蠢。

刘老师每次见到美英都很客气，总是鼓励美英好好学习，一定要考上大学。

美英每次都微笑着和刘老师说话，但她的心池已经不能激荡起一丝涟漓了。美英已经很长时间不写日记了。

美英后来报考了北京的一所大学，也就是刘老师毕业的那所大学。美英惊奇地发现，这所大学的老师中有许多"压色王"。

美英又开始写日记了。

康乃馨

　　每年春节的时候，窦老师都会收到一束康乃馨。

　　当了十几年小学教师，窦老师早已经桃李满天下了。所以，逢年过节，她总要收到许多贺卡和礼物。当然，最让她欣慰的是收到康乃馨了。康乃馨，在纷至沓来的贺礼中，显出无限的高雅，令窦老师笑逐颜开，心花怒放。

　　康乃馨是刘波送来的。刘波给窦老师送康乃馨，送了 10 年了。现在，春节又要到了，刘波会送来第 11 束康乃馨吗？

　　窦老师盼望刘波的到来，当然，她不是在企望学生的礼物。做老师的，全部爱心都给了学生，哪会图求学生的回报呢？

　　她实在是太喜欢刘波这孩子了。

　　10 年前，窦老师接那一年的四年级，第一眼就喜欢上了刘波。小刘波具备了聪明可爱的小男孩的所有优点，深受所有任课老师的喜欢。不过，窦老师喜欢刘波，却有一种不同于其他老师的情感，连窦老师自己都怀疑，怎么会对刘波产生那样的幻觉？

　　这是一个秘密，窦老师对谁都没有说过。因为在这个城市，没有人知道窦老师的过去。而窦老师正因为要忘记过去，才从那个繁华的大都市来到这座小镇。

为了冲破那场无情婚姻的樊篱，窦老师不得不以失散母子亲情为代价。

一场又一场噩梦总是在黑夜中将窦老师摧成残花败柳。

刘波的出现，如一缕春晖照耀在她的心窗。窦老师立誓要把刘波这棵苗子培养成材。窦老师很有自信心。因为在刘波之前，她已经将一些好苗子成功地输送到重点中学去了。当然，那些好苗子顺理成章地考上大学，那是后话。

窦老师去了刘波家。

刘波的爸爸妈妈都是本分的工人，他们对孩子的期望可以用"望子成龙"来概括。窦老师将自己"种瓜得瓜，种豆得豆"的计划，全盘托出了。窦老师在畅谈自己的设计方案时，觉得天空格外晴朗辽阔。

于是，有了刘波送来的第一束康乃馨。

那一天，窦老师几乎像饮了美酒一样欲醉欲仙了。

她把对刘波的喜爱变成细细的春雨。又变成了滂沱的雷雨。也变成了飘舞的飞雪。

刘波出息得像小白杨一样呢，任凭风雨的洗礼，直往彩色的天空里钻。

刘波每年都送来一束康乃馨。

一年一度，一束康乃馨。

刘波该考大学了。刘波特意从中学跑到小学来，他告诉窦老师，他和他的几个要好同学，全都填报了南京的大学。

窦老师眼里顿时盈满了泪。

刘波说，窦老师，我们知道您有个儿子在南京。

那一刻，窦老师只觉得天旋地转。

窦老师真的不知道刘波他们怎么探测到了她心中的秘密。

刘波考取了南京一所大学。大一放寒假，刘波回家来过年，送来了第十束康乃馨。

又一年过去了。

春节又一天天逼近了。

窦老师这些天一直把心情放飞在堆积如雪的贺卡中。是的，每年这个时候，这些贺卡都给她带来热烈的充实。阅读贺卡，她忘情不已。

门铃欢快地响了起来。

窦老师打开房门，看见一束火红的康乃馨。她刚要呼出刘波的名字，却发现怀抱康乃馨的小伙儿，并非刘波。

一个和刘波一样帅的小伙儿。

"妈妈!"小伙儿的热泪滴在了花瓣上。

窦老师泪如泉涌。此刻，她明白了康乃馨称作母亲花的真正含义。

换糖人

　　三个牙膏皮可以换一个孙猴，五个牙膏皮可以换一个龙王，而一个牙膏皮就可以换个小老鼠了。

　　耀辉和春玲每天都跑到单身楼后面捡牙膏皮，每天都可以捡到好几个。

　　然后就拿去换糖人。

　　糖人就是孙猴、龙王、老鼠什么的，因为是用糖稀做的，所以都叫糖人。

　　铜锣一响，吹糖人的就来了。

　　于是就围了一圈儿孩子，伸出脏兮兮的小手来，用牙膏皮、用废铜烂铁换糖人。

　　吹糖人的人，挖一小块糖稀，用根麦秆一吹，眨眼之间，就吹出来一群欢蹦乱跳的小动物。再给它们扎个小纸伞、小纸旗、小风车，那就漂亮极了。

　　耀辉每次就要一个龙王，另加一个牙膏皮，再给龙王打个花伞。

　　春玲每次就要一只小老鼠，她不给老鼠打花伞，也不给老鼠打彩旗，更不让老鼠推风车。她只想省一块牙膏皮。

　　耀辉总是先把龙王吃个一干二净，然后把龙王的花伞装到春玲那只小老鼠的手上，眼睁睁地望着春玲手上的糖人。这时候，春玲就让耀辉舔老鼠的尾巴，一口一口舔，一根鼠尾巴，耀辉能舔老半天。有时候，耀辉发急，就趁春玲不注意，一口把老鼠尾巴咬断，含在嘴里，咝啦咝啦地品着糖人的甜味。

糖人是用红薯糖做的，甜得很。

耀辉和春玲很想自己研制出来红薯糖。有一天，耀辉窜到春玲家，拿出来两块红薯，要用春玲家的锅熬制糖稀。春玲扎开炉子，两个人把两块红薯熬了一下午，熬出来一股浓浓的黑烟。

结果，春玲的屁股就挨了巴掌。

耀辉也挨了耳光。

各家都打了自家的孩子。

耀辉的妈妈熊着儿子："糖稀脏不脏？怎么不讲卫生？"耀辉的爸爸妈妈都是医生。他们希望耀辉长大了当医生。而当医生，必须从小讲卫生。耀辉就不再去捡牙膏皮了。

春玲就自己去捡牙膏皮。捡来牙膏皮，换来糖人，春玲就跑到耀辉家门口去吃，把耀辉的眼珠馋得发绿，像大灰狼一样发绿。

耀辉家搬了，搬到了遥远的上海。

春玲再捡来牙膏皮，也不再去换糖人。春玲把牙膏皮拿到废品收购站去卖，每个卖三分钱。

春玲在一天天长大。

春玲的存钱罐每天都要哗啦哗啦响一阵子，像小河流水一样动听。春玲的两个弟弟两个妹妹更喜欢听存钱罐发出的美妙音乐，因此春玲心情好的时候，就取出来一些"钢镚儿"，分给弟弟妹妹一部分。

后来的某一天，春玲收到了一个奇怪的包裹。包裹里是十支中华牙膏。还有一封信。

春玲灿烂地笑了起来。

春玲就每天用中华牙膏刷牙，将牙齿刷得雪白。也不时地往生产中华牙膏的上海发信。

中华牙膏总是源源不断地从上海寄过来。后来，春玲就考上了上海的某一所大学。

春玲走的时候，把存钱罐送给了最小的妹妹。然后，又取出了一叠崭新的纸币，装到了行李中。这些新嘎嘎的纸币，全是分钱币，是春玲用牙膏皮换的，对，中华牙膏皮。

春玲也说不清楚，为什么要带着这些纸币去上海。

当然，她也想过，最好用这些纸币换几个糖人带到上海。耀辉要是见到糖人，不定会乐得怎样发疯呢。

遗憾的是，小镇好多年都没有换糖人的了。

一枚校徽

　　永安真神仙啊。永安拎着皮箱，到大学里开会来了。

　　永安住在专家楼。永安将在这所大学里，同教授们讨论学术问题，还要给大学生们作学术报告哩。

　　永安好快乐啊。永安从皮箱里找出一枚洁白的校徽，戴在了胸前。永安佩戴着这所大学的校徽，漫步在校园里。虽然岁月的刀痕刻老了永安的双颊，但他仍然像个小伙子兴奋不已。操场上涌动着一片片绿色的方阵，那是刚入校的新生在军训。永安情不自禁地跟在队伍后面，随着教官的口令，"左"、"右"、"左"地甩起胳膊踢起腿来。

　　永安沿着一幢幢教学楼，用心倾听教室里传来的朗朗书声。永安踱过了大学生宿舍的每一个窗口，欣赏着青春的服饰飘扬成飞舞的旗帜。永安阅读着报栏和墙报，品味着大学生活的每一道剪影。

　　永安深深地种下了自己的两行脚印。永安驻足在校园的一个桥头上。省会的一条著名的河流汩汩不息地横穿校园蜿蜒而去。回首相望，图书馆、大礼堂、教学楼、运动场，这些标志性的大学建筑物，在阳光的照射下，显得那样的精深博大。

　　大学真大啊。

　　永安被自己这个感想逗乐了。永安将洁白的校徽默默地摘了下来，捧在手里，像捧着一只会飞的鸽子。

其实，这校徽不是永安的。

其实，永安没有上过这所大学。

恢复高考的第一年，永安上了考场，并且跨过了分数线，结果却莫名其妙地落榜了。

永安的报考志愿就是这所大学。

永安多么想得到一枚大学校徽啊。当然，考不上大学，这就是瞎想。瞎想，白想。

永安只好去闯自学考试的大门了。

自学考试闯过来了，却不发校徽。

永安有个很要好的中学同学，考上了省会的这所大学，常常佩戴校徽回家，把永安的眼睛映得雪亮。永安就很羡慕人家，就跑到大学里去找人家，跟着人家在大学生食堂吃了一顿土豆，还拉着人家在大学校园门口照了张相片。

但是，永安做了一件对不起人家的事，把人家放在床头上的大学校徽顺手牵羊了。

现在校徽就捧在永安手里。

永安一直没勇气面见这位同学。听说这位同学留校了，如今已是教授了。

现在，永安想去拜访一下教授，当面把校徽还给人家。永安就查了教授家的电话号码。

温文尔雅的大学教授亲切友好地会见了永安。教授滔滔不绝地向永安描述着自己的长远规划。教授正惦记着远渡重洋，去英国攻读博士后呢。

永安见教授高兴，就抓住机会，将这枚洁白的校徽放到了教授面前。

你什么都不必说了。教授说，永安永安你真中，当初，一发现校徽丢了，我猜就是你干的。真把我气毁了。不过，后来我一直感谢你呢，要不是你用这种方法刺激我，我能有今天吗？你让我懂得了应该怎样珍惜美好的人生。

永安把口型"O"着，没想到教授说出这样的话来。

教授取出一枚红色的校徽，放在永安面前说，这种红色的校徽，是发给教工戴的，你也拿去做纪念吧。真的，你有资格拿红色的校徽。我听说学校准备聘你当客座教授呢。

不，永安捧起了那枚洁白的校徽。永安说，这一枚，是我永远的鸽子。

[秦德龙] 不跪的人

接　人

　　校长派我去火车站接人，接一位中科院的院士。院士是回母校参加校庆的，理所当然，该去车站接他。

　　我买了张站台票，进到了车站里面。不久，红色的特快列车就驶过来了，可软卧车厢却没有一个乘客下车。我看了看，硬卧车厢也没有我要接的那位院士。我掏出手机，和校长取得了联系。校长说，没错，就是这次列车，你到硬座车厢去看看。

　　果然，我在硬座车厢门口找到了院士。他和照片上一模一样，一副和蔼可亲的学者神态。我不好意思地问院士，怎么不坐卧铺呢？院士仿佛看出了我的心思，笑眯眯地说：年轻人，给你添麻烦了，没想到我会坐硬座吧？

　　望着笑容可掬的院士，我真的不知说什么好。这么重要的人物，专程回来参加校庆，居然坐的是硬座。

　　走出火车站，我伸手要打"的士"，院士却拦住了我。院士说：咱们还是坐公交车吧，1 路车，每人 1 元钱，从火车站坐到大学路，很方便的。

　　我说：这怎么可以呢，您是院士呀。

　　院士笑了：这有什么关系呢？为什么要多花钱呢？院士告诉我，他上大学的时候，经常乘坐 1 路车。

我无话可说，只好随了院士，上了1路车。望着车窗外的风景，院士一副怡然的神态。每到一站，他都要轻声地抒发感叹，说一番这里从前的样子。

　　大学路到了。我看见校长站在站牌下，正在等我们。院士下了车，校长和他紧紧地拥抱在了一起。我听见校长说，老伙计，我就知道，你肯定要坐1路车！

　　院士说：知我者，学友也！

　　校长说：已经有三位院士从外地回来了，都是坐的1路车！

　　校长和院士灿烂地笑了起来。

　　这时候，我才明白，校长为什么没有让我带专车去火车站接院士。

　　我又听见校长对院士说，已经到来的那三位院士，都表示不愿意住宾馆，而要求住学生宿舍。院士笑道：那当然，我们商量过的！来参加校庆嘛，就是要住学生宿舍。难得有这样的机会，找一找当学生的感觉！

　　晚上，我听说，我接来的那位院士，并没有和其他几位院士住到同一幢学生宿舍楼里。他自己住到了求学时所在的那个院系。理由是，他害怕和名人住到一起！

　　我笑了。这位大名鼎鼎的院士，居然以为自己不是名人！

　　第二天早晨，我在校园门口看见了那位院士。他骑个旧自行车，悠然自得地出了校门。有个熟人对我说：看见没有，那个骑车子的，中科院院士，学问大了！

写诗的女孩

她因为写诗，而成为这座城市的一道彩虹。晚报几乎每周都要刊发她的一首小诗，小诗写的都是那美轮美奂的少女心境。

当人们见到她时，无不惊讶。原来，她是个下肢高位截瘫的女孩。她的笑容像冬天里发白的太阳，很白很白。于是，人们说：嘿，这女孩子，真了不起！

人们都以为抓住了最重要的发现。人们就开始轮番邀请女孩子去做报告。女孩子就摇着轮椅穿行在各行各业。每到一个单位，都会有几个健壮的小伙子，抬着她乘坐的轮椅，把她送到会议厅。也会有漂亮的小姑娘给她献花。还会有许多和蔼可亲的领导人同她握手。她的报告感动了许多人，会后，人们总是把她拥在中间，同她合影，请她签名。

她在做这些事的时候，好像比较高兴。家里人也比较高兴。因为她给这个家带来的荣誉，超过了辛苦做工的父母兄妹。当然，她还在写诗。她现在写出来的诗，已和从前大不相同了。她为新的火热的生活而振奋着，写了很多新生活的诗。

不过，她的诗却很少发表出来了。晚报副刊编辑阿敏老师打来电话，关心地询问她的生活现状。她很兴奋，讲述了自己到各行各业做报告的感受。她告诉阿敏老师，残联、青联、妇联、工会、关协等社会团体授予她种种殊荣。阿敏老师在电话中问她："你自己感觉现在这样很好吗？一辈子都能保持这种感觉吗？"

她看不见阿敏老师的表情。她自从给晚报投稿以来，还未曾见过阿敏老师呢。她腿脚不方便，一次都没去过编辑部。她思考着阿敏老师的话，托腮望着窗外的明月，从月圆望到月缺。她开始行使谢绝权了。谢绝掌声和鲜花，谢绝专程来接她的奥迪轿车。人们糊涂了。人们问她："你还要怎样？"女孩说："我要写诗。"

人们笑道："你还写什么诗呀，你现在这样不是很好嘛，要啥有啥。"女孩苍白的笑容里就生长出一片青绿。

人们就不再关注女孩。人们都说："这小丫头片子，缺乏可塑性，是个残废人。"

女孩不管人们怎么说，每天都在写诗，写自己的诗。

后来的某一天，女孩摇着轮椅去听一个文学讲座。讲课的老师和女孩一样，也坐在轮椅上。女孩听人介绍说，她就是晚报副刊的阿敏老师。女孩泪珠盈眶。讲座结束的时候，一些诗人抬着阿敏老师和女孩的轮椅下楼，把她们轻轻地放在了草坪上。

她是我作品中的那个女孩

有一天，正当我百无聊赖的时候，桌上的电话铃响了。抓起话筒一听，是个女孩子找我。

"您好，我是秦先生。"

"秦先生，您好啊，我是盛钰，您没想到吧?"

"盛钰?"我一时愣了。盛钰是我写过的一篇小说里的人物，她原来总是没福气，把名字改成"盛钰"后，就开始幸福起来了。当然，这是我的虚构，写小说的人，总要虚构点什么。

盛钰已经在电话里笑起来了。她告诉我，她在晚报上读到我写的那篇小说，感觉美极了，就通过报社查到了我的电话号码。她问我："秦先生，我从来没见到和自己重名同姓的人，您为什么给小说里的人物取名叫盛钰?"

我也笑了。我告诉她，这纯属巧合。写了这么多年小说，我还是第一次遇到这种情况。我真的没想到，凭空编了个"盛钰"，果真就有个女孩子叫盛钰。

盛钰的笑声，带给我一片好心情。放下电话，我成了一只快乐的红蜻蜓，在天空飞来飞去。

终于有一天，我决定去找盛钰，我想看看她长得什么样。我相信，她一定是个靓妹，很青春，很青春。

我就坐上公共汽车，跑去找盛钰了。

也许，我有些浪漫了，竟去看望一个没见过面的女孩子。

我没费力就找到了盛钰的单位，可却找不到盛钰这个人。我问了许多人，全都说不知道。我只好提到了我的那篇小说，并把"盛钰"这两个字写给他们看。

那些人全都笑了："你是写小说的人啊？你可真会瞎编，我们单位没有盛钰！"

有个牙齿发黄的人说："把你的身份证拿出来看看，我们这儿经常出现骗子，骗老人的钱，骗大姑娘的感情。"

还有一个肚子尖超过鼻子尖的人说："听你说话挺不着调儿的，是不是写小说的人都这样？你走吧走吧，不要扰乱公务！"

我没想到，这些人会这样对待我。他们是不喜欢小说，还是不喜欢人类灵魂的工程师？我把他们单位的女孩子编得那么美，这也是个精神文明建设呀。

我不相信盛钰不在这里。一定是这些人故意不让我见她。盛钰告诉我，她就在这儿上班，除非她对我说了谎话。不过，现在的女孩子也很难说，说不定，是某个疯丫头搞的恶作剧呢。想到这里，我的肝火呼呼上蹿，当即拔腿走人。我听见大黄牙和大肚子他们在背后笑我，边笑边说："嘿嘿，这家伙，是个神经病吧？刚才咋没打110呢，把他逮走！"

我的脊梁上直冒冷汗，两脚蹿得更快了。

我逃到了人街上。街上人流匆匆，没有一个我熟悉的面孔。喘息稍定，我闪进一家冷饮店，一连气干掉了两扎冰啤。

下午，我没有回家，直接去了办公室。刚坐下，电话铃就响了。

"秦先生，您好，我是盛钰。"

什么？盛钰？我不禁有些恼火，且听她怎么说吧。

"秦先生，上午您来找我啦？真抱歉，我们单位的人，不知道我叫盛钰。"

这怎么可能？她在单位里上班，别人不知道她的名字？

"秦先生，是这样，我有两个名字，一个是父母给取的，一个是我自己取的，对，我给自己取的名字叫盛钰，但我没对社会上公开，因为我不想叫别人知道我的新名字。我每次对自己说'我是盛钰'的时候，感觉特别棒，我真的找到了自我。"

"秦先生，你写的那篇小说，你笔下的那个盛钰，和我的命运相同，我觉得你写的就是我，就是我心中的那个我！"

我被盛钰的话感动了。我有些自责，真不该冒冒失失地去找她。

我和盛钰在电话里说了许多话。我们时而大笑，时而沉默，彼此都能听见心灵深处的声音。

盛钰再没打过电话来。

我不知道她现在过得怎么样。我相信，她会过得很好。因为我在小说里把"盛钰"的命运安排得很好。我相信，她有了自己取的名字，心里就有了一朵花，永远盛开的花。

成　长

　　儿子给老刘布置任务说："学校后天举行成人宣誓仪式，老师让您代表学生家长讲话。"

　　老刘一愣，没想到儿子给他揽了这么艰巨的工程。老刘说儿子："你怎么连个招呼都不打，就和老师定下来了？"

　　儿子说："我现在打招呼还晚吗？记住，后天，上午 8 点，好好准备准备，写篇发言稿念念，这对您老人家来说，还不是小菜一碟？校长、老师都知道您能写文章，让我提前参加宣誓，就是为了让您讲话。"

　　老刘这才想起来儿子今年刚 17 岁，还不到 18 岁的宣誓年龄。

　　但儿子已经替自己接了活儿，老刘就不能不干。学校让儿子提前宣誓，这是抬举咱。再说，这还不是为了儿子的成长吗？

　　儿子考高中没考上，考中专也不行，只好上了技校。老刘多次为儿子惋惜，当然也只能因人施教了。老刘很希望儿子在技校混出个名堂，自己当年不也是从技校出来的嘛。

　　老刘真的很重视儿子的 18 岁宣誓。老刘想起自己 18 岁的时候，没人给举行宣誓仪式，糊里糊涂插队落户去了。当了几年知青，再回城参加工作，一晃就是十七八年。36 岁那年，高中同学聚会，老刘倡议说，聚会的主题就叫"第二个 18 岁的聚会"吧。这个主题，把许多同学都给感动哭了。

老刘没在意，自己的"第二个 18 岁"刚过去几年，儿子的 18 岁已经来到了。

成人宣誓仪式隆重热烈。老刘没想到，本地区所有学校的 18 岁青年都参加了仪式。更没想到，自己能见到许多熟悉的老领导、老教师。老刘的发言很动感情，他提到了自己的 18 岁，提到了自己那一辈人"第二个 18 岁的聚会"。老刘声情并茂，把自己感动得热泪盈眶。

回到家，老刘一直问儿子："我的发言怎么样？"

儿子轻描淡写地说："还可以吧。"

老刘真不甘心。老刘一直为自己激动着，仿佛宣誓的不是儿子，是自己。老刘对儿子说："你们同学看见没有，我当时流泪了。"

儿子笑道："您呀，老爸，您以为真的有多少人爱听您讲话呀？讲几句就得了呗，讲那么长！"

老刘心一沉，没想到儿子会这样说。

老刘生气地说："你们这些孩子，没心没肺，永远长不大！"

儿子随便地笑了笑，不再理睬老刘。

儿子放暑假的时候，主动要求到外面去打工，利用在技校学习的技术，挣出来下学期的学费。

老刘想也没想，就答应了。儿子和同学走那天，老刘没有去车站送。

过了 18 天，儿子才来信，老刘看过儿子的信，禁不住滚出老泪。儿子在信中说："明年，我要重新参加 18 岁宣誓仪式。"

儿子是太阳

春嫂一心一意盘算着周末晚餐的内容,想着儿子今晚肯定从学校回来,就到食品店剁了一只烧鸡。

儿子去年考大学,清华、北大根本没戏,落了个大专,就在省城上,离家不算远,每个星期都坐长途汽车回来。一想到儿子,春嫂的心里就甜蜜蜜汪起一腔柔情,如同拥抱了大海里冉冉升起的朝阳。

儿子爱吃苹果,春嫂就来到水果摊上问苹果的价钱。摊主当然是漫天要价,春嫂呢,就坐地还钱,总算把价钱侃得实惠了,却瞥见一辆三轮车从马路中央飞驰而过。

春嫂看见三轮车上坐着自己的儿子。

春嫂刚要喊儿子,三轮车已像鱼儿一样钻得无影无踪。春嫂潦草地称了苹果,拔出 10 块钱就走,却被卖苹果的拦住了。卖苹果的说:"再给八毛。"

春嫂一虎脸:"两块五一斤,买四斤不是十块?"

卖苹果的说:"什么两块五?两块七!"

春嫂说:"两块七,我非买你的?"

卖苹果的揶揄道:"咦咦,城里人,两毛钱看那么重!"

春嫂理也不理,拎着苹果走人,心里却封了糨糊一样憋气。为了一斤苹果省两毛钱，在大街上让人家小看了一回，不怨别的，只怨自家没本事挣钱少。儿子在省城上学，哪个月不是300多块钱的花销？儿子不懂事，老是和别人比吃比穿，上个月借同学200块钱，买了双名牌皮鞋，穿回来向春嫂要钱，气得春嫂两天吃饭不香。

儿子他爸却嘻嘻哈哈把儿子替换下来的旧鞋蹬在了脚上。儿子的个头发展得很快，现在已经和他爸一般高了。不知儿子啥时候学会了蚂蚁搬家术，将他爸的西服、夹克衫一件一件的都给挪用了。春嫂看见了，只当没看见，知道儿子到了爱美的年龄，当然希望儿子顺其自然地成长为英俊男儿。但丈夫的形象却让春嫂看了太不美气，前两天催他去理发，他花两块钱在地摊上理了个不伦不类，就为了省一块钱。

丈夫是单位的成本会计，财务科是"三八"科，只有他一个男的。春嫂可以想象到财务科女同胞以何等目光欣赏他先生的发型，说不定怎样发噱呢。春嫂替丈夫难为情，丈夫却说："我这个发型，没准儿能领导今年的新潮流呢。吃不穷，花不穷，算计不到就受穷，精打细算，还不是为了儿子？儿子是咱家的太阳啊。"

儿子是太阳，春嫂何曾不也这样想？可是儿子想过没有，每一分钱他父母都挣得不易！他今天倒是大摇大摆地坐起三轮车来了。从汽车站到家，走路也就10分钟，抬抬腿就到了。可他却金贵得坐三轮车！上礼拜，家里液化气没了，春嫂想喊个三轮车，去换液化气罐。儿子他爸说成本太高，不舍得花钱，俩人吭吭哧哧推着自行车去换了罐。

那省下来的三轮车费，今天却叫儿子给潇洒了。

春嫂很想落泪，让心里痛快一回，却发现走到了家门口，只好把气喂到肚里。上楼开门。

儿子满面春风地迎了出来，接过春嫂手里的烤鸡和苹果。儿子说："妈，我的数学考了个100分！"

听到儿子报喜，春嫂的泪水一下子盈了出来，先前的不快顷刻间云消雾散了。春嫂问儿子："上礼拜带走的太阳神，喝完了吧？明天我到批发店再买10盒。"

儿子像初升的太阳一样笑道："妈，我不喝了，我爸不是说我是您的太阳吗？太阳还用喝太阳神吗？"

哦，儿子长大了。春嫂的笑脸让儿子这轮太阳映得灿若秋菊。

太阳会跑

那时候，儿子很小，小得像一棵小萝卜头。儿子的脑瓜小，思想可不小。有一天，儿子对父亲说："爸爸，太阳会跑。"

父亲笑了。父亲望了望天空，太阳怎么会跑呢？儿子真是幼稚可笑。父亲对儿子说："一边玩去吧，太阳怎么会跑呢？"

儿子想对父亲说什么，没说。儿子开始低头画画。儿子画了一张鲜红的太阳，红太阳伸展着双翅，在晨光中飞奔。

儿子长大了，长成了一枚春光四射的朝阳。儿子仍是喜欢画画。有一天，儿子又对父亲说："爸爸，太阳会跑。"

父亲笑了。父亲望了望天空，太阳怎么会跑呢？儿子真是胡思乱想。父亲对儿子说："玩你的吧，太阳怎么会跑呢？"

儿子想对父亲说什么，终于什么也没说，继续低头画画。儿子仍是画太阳，画一枚鲜红的太阳，插着双翅，在晨光中飞奔。

父亲在儿子身边看了看，觉得儿子不过是画了一个飞火轮而已。父亲从动画片上见过这玩意，不认为儿子画得有什么稀奇。

后来，父亲老了。

儿子早就长大了。大学毕业后，儿子留在了北方工作。

有一天，儿子回到南方，接上父亲，到北方休养。

清晨，列车在平原上奔驰。大地苍茫，东方已渐渐露出白光。忽然间，有一片红霞染上了天际，倏而，便有一枚红日跳了出来。父亲静静地看着窗外的风景。那红日，很快就跃到了村庄的上面，沿着村庄的轮廓，飞奔起来了。

"哦，太阳会跑。"父亲觉得自己看见了人间最壮丽的景观。父亲凝视着那枚鲜亮的红日，想不明白它怎么会与列车赛跑。

父亲想起了儿子从前说过的话。儿子早就说过，"太阳会跑"，可自己从来就没有相信过。想到这里，父亲对儿子笑道："你看看，太阳会跑。"

儿子漫不经心地说："您说什么？太阳会跑？您眼花了吧，太阳怎么会跑？"

父亲说："你自己看嘛，太阳真的会跑。"父亲说着，指给儿子看车窗外的风景。儿子凑过来，看了看说："哪儿呀，太阳没有跑啊，太阳挂在天上，一动也不动啊。"

父亲很奇怪，太阳正在飞奔，儿子怎么视而不见呢？儿子怎么忘记了自己从前说过的话呢？父亲继续观赏车窗外的太阳，却发现太阳静静地挂在天上，放射着灿烂的白光。

父亲还是说："刚才，太阳明明是跑着的嘛。"

儿子说："您真会开玩笑，上了岁数的人，像孩子一样。"

策划"淘汰"

　　电视台要举办"超级儿童"大赛，妻子给婷婷报了名。家里的事，都是女人说了算。妻子说："女主内，男主外，我负责给婷婷强化训练，你去找评委攻关。"妻子又给老爸打了电话，让老爸组织亲友团，决赛时给婷婷呐喊助威拉选票。

　　国亮拧着眉头发懵，不知哪儿有通往评委的轨道。

　　国亮明白，所谓的"超级儿童"大赛，不过是各种才艺大赛的翻版。电视里演的多了，每回看才艺大赛，他都忍不住鼻子发酸。尤其是那些被淘汰的老人和儿童，退出舞台时总要打肿脸充胖子，说什么"我能走到今天已经很满足了，明年我还会再来！"说着说着，就泪流满面了。电视台直播这样的场面，把被淘汰者剥得血淋淋的，惨不忍睹。如果婷婷在决赛中被淘汰了，不是也要面临这样的悲惨结局吗？

　　国亮就悄悄地拉过女儿，问婷婷是不是真的想参赛？万一失败了怎么办？

　　婷婷说："爸爸，我还没参赛呢，您怎么就说我要失败呢？请您相信，婷婷是不会失败的，婷婷是笑在最后的超级儿童！"

　　"是你妈妈教你说的吧？"

　　"妈妈说婷婷是最优秀的！"

"可是，婷婷想过没有，山外青山楼外楼，如果你被淘汰了呢?"

"不可能，桂冠属于婷婷!"

看起来，婷婷已经误入歧途了。国亮叹口气，打开电视机，让婷婷观看某某台的才艺决赛。进入决赛的有个小姑娘，跳舞唱歌，无所不能。可是，小姑娘最终还是被淘汰了。国亮看看婷婷，婷婷已经抽着鼻子哭了，仿佛失败的是她自己。

国亮跟妻子摊了牌，希望婷婷退出"超级儿童"大赛。

妻子杏目圆睁："你说什么?! 比赛还没开始呢，你先掉了链子! 怎么，我在前面打气，你在后面拔气门芯?!"

妻子越说越气："让你出去攻关，你却在家策反! 你安的什么心啊? 不想叫女儿梦想成真?"

国亮争辩道："我让婷婷看电视，是让她感受失败，这叫做关口朝前。否则的话，婷婷承受不了失败，不是把她毁了吗?"

妻子反唇相讥："我看你就是个悲观主义者，不想成功，只想失败!"

国亮摇头苦笑。没办法，只有求助岳父老泰山了。国亮和岳父对把子，每次和妻子争执，都要搬出岳父大人来说话。

岳父听了国亮的叙述，呵呵笑道："参加'超级儿童'大赛，这是个好事呀。我还想参加'超级老头'大赛呢，可电视台不办! 怎么，你怕我输? 告诉你，我输得起! 我这把年纪了，输不起吗?"

"是呀，爸，可婷婷输不起呀，她怎么能和您比呢，她太小了，才6岁呀。6岁的孩子，赢得起，输不起!"

"放心，我有办法找到评委，这份功劳算咱俩的哦! 我还有个艰巨任务呢，决赛的时候，组织亲友团，找四大叔、五大舅、七大姑、八大姨，给婷婷呐喊助威拉选票。"

国亮笑道："您是老爷子，您一声令下，一呼百应!"

日子在倒计时，"超级儿童"大赛一天天逼近了。

初赛的这一天到了。妻子给婷婷换上了最漂亮的衣服，送婷婷去电视台参赛了。参赛的人很多，许多家长都想让自己的孩子当"超级儿童"，希望自己的孩子能成为万人瞩目的才艺童星。

3 天后，参加复赛的名单公布了，妻子拉着国亮去看名单。他们找了一遍又一遍，都没见到婷婷的名字。

"不可能，绝对不可能！婷婷怎么会通不过初赛呢?！"妻子几乎要哭出来了。

国亮把妻子拉到了岳父家，看见了一帮孩子，是四大叔、五大舅、七大姑、八大姨们的孩子。婷婷和他们在一起玩捉迷藏呢，玩得咯咯笑，童趣横生。

岳父笑道："恭喜你们带来了好消息！"

妻子叫道："哪有好消息？只有坏消息，婷婷被淘汰了！"

岳父仍在笑："这就是好消息，这是最好的消息！你们看，婷婷玩得多么开心哪！假如，婷婷通过了初赛，现在就要去准备参加复赛，她还能玩得这么开心吗？通过了复赛，再进入决赛，就算是捧到了超级儿童的奖杯，也未必见得是好事。婷婷会不会因此而骄傲自满、止步不前呢？再者说，万一在决赛中她被淘汰了，又会是一种什么样的打击呢？多么残酷啊！想过没有?"

"爸，您怎么和国亮的腔调一样呢?"

"一个小孩子，最可怕的是在离梦想最近的地方惨败。"

岳父又说："实话告诉你们，是我策划了这次淘汰。我通过熟人，找了评委，我请求评委，在初赛时，淘汰婷婷。我这么策划，不但是为了婷婷，也是为了我自己。我可不想带着速效救心丸，领着亲友团，去电视台观看什么'超级儿童'决赛。"

司　令

　　黄毛的头发十分黄，比街上那些染黄发的青春族，要黄得纯正。黄毛常常咧嘴自夸："他们黄？谁有俺黄！俺是正宗！"

　　没人说黄毛吹牛，谁不知道，黄毛喝过狼奶？从小，他被狼叼了去，三个月后又给送了回来。从某种意义上说，黄毛是个狼孩，他喝过狼奶呀，头发能不黄嘛？

　　这样一个喝过狼奶的人，形象应该是咄咄逼人的。可他不，黄毛头顶着金色的黄发，却是脸不洗，牙不刷，蓬头垢面，丝毫没有英雄人物的派头。许多新潮青年为他惋惜。这样一个原装的黄发老儿，应该是光彩照人的嘛。有人要给他搞形象设计，说他这头金发，是块风水宝地，假如黄毛装扮个外星人，往公园门口一站，专门与人合影，绝对财源茂盛达三江了。可是，黄毛摇着黄色的脑袋婉拒了，依旧过着邋遢的日子。

　　黄毛当然也有自己的辉煌时刻。黄毛的辉煌时刻，就是死人的时候。方圆百里，死人的事是经常发生的。每到这时，黄毛就光芒四射了。不管谁家死了人，都来请黄毛料理丧事，让他主持发丧。黄毛这时候居然身披大褂（他说那叫袈裟），请天拜地，发号施令，将丧礼进行得煞有介事。凡是来参加丧礼的人，就算是在省里做官的，也要听从黄毛的调遣。黄毛说跪，你就得跪，黄毛说哭，你就得哭，谁敢抗旨，黄毛一脚就踹过去了。

黄毛这个时候是司令。甭管谁家发丧，都像敬爷似的敬着黄毛。随他吃，随他喝，供着他一心一意当司令。当然，也都不会亏待他，办完丧事，给他拿烟拿酒封钱包。要是个老喜丧，还有唢呐班子给他吹曲呢。

人们需要这样一个司令。无论谁家办丧事，都请黄毛来主事。别看黄毛平日睡不醒的样，料理丧事却一丝不苟。黄毛脑袋上的黄发，在这个时候，迎风飘扬，很容易让人感动。

黄毛的几个孩子却不感动。他们甚至有点怨黄毛。因为黄毛这样做，实在是让他们脑袋发沉，在人们面前抬不起面子来。隔三差五，就有人哭上门来报丧。你说，孩子们的心情能好起来吗？

终于有一天，孩子们联合起来开了个会，斗争黄毛，不准他再去为别人发丧，要他找个文明些的事儿干。

黄毛跳了起来："你们懂个屁，我不干这个，你们吃的穿的从哪里来？没看见吗，那些大官小官，哪个不在我面前磕头！我是司令！"

几个孩子的头发，都很黑，没有一个随黄毛，黄毛没有老婆，几个孩子，都是他捡来的。死了爹娘没人要的孩子，他给捡回来了。

退　票

我决定退票。

大雪染白了北京西客站。K55 一直没有发车的消息，再等下去，我就变成笼子里的傻鸟了。我要赶回家过年，误在北京算什么事？

我已经等了 5 个小时了，眼见得许多车次正点发出，只有这个 K55，遥遥无期。到郑州的车多了，我干吗非要乘坐 K55？

我把我的想法跟几个少男少女说了，让他们为我照看行李，我去退票。大家萍水相逢，彼此连姓名都不知道，仅凭手里捏着 K55 车票，我就把他们看成流落天涯同命人了。

我跑去退了票，马上就买到了新的车票。

几个少男少女围着我，听我叙说怎样退票、买票。很快，他们就决定效仿我。因为从胡子和眼镜上看，我是值得他们学习的大叔。

少男少女们结着伴，很快就把票退了。小战士和女大学生又买到了同一个车次，但他们只买到了一张座票。我打趣地说：好哇好哇，你们俩挤一个座位，下车时可以互相留地址啦。

小战士和女大学生笑了，在我慈爱的目光注视下，他们往别的候车室去了。我真羡慕他们，如果让我再年轻一次，我会不会有这样一次浪漫的奇遇？

忽然，一个戴红帽子的小姑娘，蹲到我面前，捂着脸，嘤嘤地哭了起来。叔叔，您帮我把票退了吧，我不走了，我回廊坊，廊坊离北京很近。

我长长地吁了口气。刚才，我就一直在劝这个小姑娘，劝她耐心等待K55，因为只有这趟车开往宝鸡，她要在宝鸡换乘长途汽车，才能回到爸爸妈妈的身边。我数落着她那粗心的哥哥，为什么不把妹妹送上车再回廊坊？这么远的路，这么大的雪，一个十四五岁的小姑娘，带着几个包包坐火车，真让人揪心！

小姑娘眼泪汪汪地说：叔叔，您帮我退票吧，我回我哥哥那儿去，我一个人能回去。

那你爸爸妈妈不着急？他们等你回家过年哪！我还是劝说小姑娘等K55。说实话，我如果有这么大个女儿，真不舍得让她跑到廊坊去。

也许你刚刚退了票，K55 就来了，后悔不后悔？你还是等吧，到宝鸡后，赶不上汽车，就在旅社住下。有啥困难，找警察嘛。真的，我真不主张她退票，春节前，能买到一张去宝鸡的车票，很不容易。

小姑娘坚持要退票。她晃着我的双腿，哭声里有几分矫情。

我不是铁石心肠。我不能无动于衷。我左手的情感线比较丰富。我决定成全小姑娘。

我领着小姑娘，往退票处跑去。时间，已经很紧了，距我乘车的钟点，只差几十分钟了。退票处很远，而且在地下二层，还要穿过一片商场。我紧紧拉着小姑娘的手，真怕她跑丢了。

我终于把小姑娘的车票退掉了。

我已是满头大汗。

小姑娘不叫我走。趁我擦汗的功夫，她拿出来两瓶香油，塞到了我的提包里。

这怎么行？我怎么能要你的东西呢？我婉言谢绝。

小姑娘突然变得伶牙俐齿，说出来许多感谢词。说着说着，她的眼泪又滚出来了。

我不能再看见她哭了，只好收下她的礼物。

我对小姑娘说：回廊坊后，给我打个电话啊，报一声平安！

雪花漫天飞舞，大雪又下了一天一夜。

回到郑州的第三天下午，我办公室的电话铃响了。

电话里，传来了廊坊小姑娘的甜甜笑声。

我真高兴啊，我乐晕了。我晕乎乎地犯了一个很大的错误，没有问小姑娘的地址，我连她的名字还不知道呢。我给她准备了一份礼物，至今无法邮寄。

我想，小姑娘也许会永远记住我帮助她退票。

人生之旅，该退票的时候，一定要退票。

找　路

强子在上海找到了二叔。

强子问了许多人，在弄堂里拐了许多道弯，才找到了二叔家。问路的时候，不是他听不懂上海话，就是上海人听不懂他的土著话。他在蜘蛛网般的闸北区来回折腾，后来才明白，二叔家就在他留下第一个脚印的小店附近。

强子满头大汗地向二叔叙说着找路的艰难。二叔哈哈大笑。二叔说："你到了上海，要去哪里，来问我，我是活地图，没有不知道的地方。"

强子奇怪自己的耳朵，二叔说的上海话，每句都能听得明明白白。

二叔9岁的时候就离开老家，和爷爷一道去了上海。上海解放以后，他自己摸回来过一次。之后，奶奶去世，又摸回来过一次，就再没回来过。

后来，爷爷不明不白死在了上海。

后来，二叔蒙受冤案，被驱逐出了上海。

强子不止一次听爸爸讲起这些。爸爸也去过上海，也找到了爷爷和二叔住过的地方。当然，没有见到亲人。爸爸总是感慨地说，哪一天要再去上海，看看二叔现在居住的地方。

因为二叔被平反了，带着江苏婶子回了上海。

强子在上海逛了好几天，二叔热心地做了导游。二叔扎着红领带，穿着白皮鞋，把上海的马路踩得嘎嘎响。二叔精神抖擞的样子，一点儿也不像个退休的小老头，倒像个小康即安的小老板。

　　强子从上海回来了，滔滔不绝地讲述着上海见闻。爸爸始终在微笑，一句话都不插。强子说："爸爸，明年我还要到上海出差，您跟我一起去吧？二叔家真是不好找啊，没人带路，很难找到。"

　　"你不是找到了嘛。"爸爸笑道："让人带路，下回你自己去，还是找不到，不信，你试试？能记住的路，都是自个儿找出来的。"

　　强子想想，真是这样。强子现在已经记不得了，那几天在上海，二叔领着他逛街的时候，坐了哪几路车，走了哪几条道。真的记不起来了。

　　以后，强子的脑海里，总浮现着一幅画面：

　　9岁的二叔，衣衫褴褛地行走在上海的街道上，走着走着，便走成了现在这个模样，一个笑容可掬的小老头。

白　卷

邓敏交了白卷。几十个参加考试的人，只有邓敏交了白卷。交白卷意味着什么？难道她真的要放弃这次机会？

邓敏去年脱下军装，已经在家"稍息"半年了，好不容易有了个应聘的机会，她却交了白卷。许多人都觉得邓敏当兵当傻了，不就是几道问答题嘛，干吗死守着葫芦不开瓢？

其实，那几道题很简单，只要会写方块字，就不可能交白卷。邓敏当然会写字了，而且会写一手漂亮的"庞中华"呢。可是，邓敏一拿到卷子，嘴就咬住了笔杆。许久许久，她都没写出一个字来。

邓敏盯着那几道题，眼睛很亮很亮。

"请写出你原单位的基本情况，500字。"

"你能提供原单位什么有价值的资料？500字。"

"你怎样利用原单位的关系，为我单位服务？500字。"

……

邓敏能回答这些问题吗？邓敏对自己说"不"！就因为自己曾经是绿色军营里的一个兵啊。道理很简单，脱下军装，军营里的一切，都应该永久地封存了，一辈子烂在肚里。

考场很静，只听见钢笔耕耘试卷的沙沙声。邓敏将试卷翻盖在桌上，轻轻地离开了考场。

邓敏的试卷引起了公司总裁的兴趣。

总裁来到人力资源部，调阅了邓敏的全部资料，不由得连连点头。总裁当即做出决定，录取邓敏。

有人不理解："不就是个女兵嘛，有多少丽质女孩排大队等着呢！"

总裁笑了笑，给大家讲了自己的一段故事。

"那时候，我在部队当通讯员。有一天，部队首长让我到军区送一封信。信口没封，首长很信任我。但首长还是叮嘱了我一句，不许偷看。嗨，我哪听得进啊，好奇心像兔子，在心里乱窜。越是不叫看，越是想看。我拿着信，一边下楼，一边就偷看了。没想到，首长正在楼梯口盯着我哩，当场就把我喊回去了。可想而知，好一顿暴风雨啊！其实，信封里只有两张纸，一个字都没写。嘿，后来，我才知道，如果我经受住了这个小考验，就将被提升到一个重要的职位上，我断送了人生的一次机会。"

"你们说，邓敏今天是不是交了白卷？"总裁讲完了自己的故事，笑着问大家。

英雄的名字

　　马家坝的人，谁都说不清楚救命恩人的名字。那一天，洪水袭来的时候，马家坝成了一块"软泡馍"。是一位解放军战士，驾着飞舟救了他们。

　　惊魂未定，他们来不及问战士的名字，战士已驾舟驶向了洪湖的深处。马家坝的人们，一说起这件事，就后悔得要命，就互相埋怨："咋不问问解放军叫啥名字？"

　　他们就决定到抗洪部队里去找解放军，找到恩人，当面致谢。

　　大家就坐在一起，回忆那当兵的模样：

　　当兵的既不是大个子，也不是小个子，是个不高不低的中个子。

　　当兵的既不是大胖子，也不是小瘦子，是个肥瘦均匀的硬汉子。

　　当兵的大眼睛眨巴眨巴生电放光。

　　当兵的厚嘴唇笑着笑着嘴角挂憨。

　　村里的文化人就按照大家的描述画了张像。结果，大家一看，有说画得像天安门广场国旗护卫队的，也有说像人民大会堂前三军仪仗队的。

　　大家就在一起争论，终于发现了重要的线索：那当兵的也是讲一口湖北话。像洞庭湖的水鸟一样，音域嘹亮。

　　马家坝的人就找到了抗洪部队，要部队首长把会说湖北话的士兵都叫过来相认。

部队首长说："这个不太好办，我部官兵都会讲湖北话，个个都像九头鸟"。

部队首长故意把话说得轻松些，试图改善马家坝人的激动情绪。因为现在洪水还没完全退去，不是"煮酒论英雄"的时候。

部队首长要马家坝的人赶紧回去抗洪赈灾，重建家园。

马家坝的人跪倒了一片，一定要见到救命恩人。

部队首长将他们一一搀起。当首长抱起来一个六岁的小姑娘时，小姑娘说："我的爷爷、奶奶、妈妈，先被洪水冲走了，爸爸把我抱到了树上，也被洪水冲走了，天亮了，一位解放军叔叔把我抱到了船上……"

部队首长含着泪听完小姑娘的讲述，听完了马家坝人的讲述。

马家坝的人告诉首长：那个英雄的战士，驾着飞舟，救起了马家坝100多条性命。马家坝的人说："首长，集合起你的队伍，让我们告诉你，他是谁！"

首长擦干了眼泪说："我知道了，谢谢乡亲们，部队谢谢你们！"

首长领着马家坝的人，来到了庄严肃穆的会场，战士们已经集合成了整齐的方队。

马家坝的人看见了一片花环，看见了队列前悬挂着的几位战士的遗像。

首长对马家坝的人说："这几位牺牲的战士中，也许就有你们要找的那个同志。"

马家坝的人泪雨倾盆，失声痛哭。他们看见遗像上的每一个烈士，都像他们要找的那个战士。

没有军衔的士兵

老兵从电视"新闻联播"里认出了自己的部队。高鼻子团长正指挥着战友们"噗通噗通"地往江里跳呢。

老兵的血管里滚动着红色的激流。

老兵决定回部队参加抗洪。

可他已经脱了军装,现在是一名退伍兵了。而且,老兵刚刚娶了新娘子,这两天正甜蜜着呢。

娇妻那个甜样儿啊,真是太让人喜欢了。老兵很奇怪自己怎么会舍得和新婚的妻子离别。

也许,就因为自己曾经当过兵。当过兵的人,一遇到什么情况,就会觉得军号嘹亮地吹响在耳边。

谁都不知道老兵怎样说服了新婚的妻子,他居然从妻子手中"骗"了一千块钱,坐着飞机,赶在第四次洪峰到达之前,回到了从前的连队。

老兵把自己的愿望说给了连长听。

连长感动地说:老百姓,你真行,入列吧。

连长站在队列前,大声说:同志们,一名老兵回来了,作为编外士兵,参加抗洪,大家说,我们战胜洪灾,有没有信心?

兵们齐声回答:有!

老兵也扯着嗓子和大家一齐高声回答。然后就背起沙袋，和大家扑向了滚滚而来的洪水。

有些兵和他开玩笑：老百姓呀，是不是嫂子不温柔呀，把你给气到抗洪前线来啦？

老兵也和兵们开玩笑：嘿，你们的嫂子呀，天下第一温泉。你们将来娶媳妇，只能娶天下第二温泉啦。好好干，我还有一个小姨子呢，明白吗，啊？

兵们就炸出来一片欢笑。

兵们远远地看见高鼻子团长来了，只好将玩笑稍息。

高鼻子团长奇怪地问连长：怎么你们连的地段，有一个老百姓？

连长说：报告团长，一个退伍老兵回来了，非要参加抗洪。

连长没有将退伍兵的名字告诉团长。

高鼻子团长沉思片刻说：多么好的老兵啊，要向老兵学习，同时要注意保护这个老兵。第四次洪峰就要来了，千万不能麻痹！

第四次洪峰如期而至。全体官兵与洪魔进行着艰难的对峙。

一袋袋沙包填下去了。

一车车石块沉下去了。

洪水张牙舞爪，穷凶极恶地撕咬着大堤。

高鼻子团长再次见到退伍老兵，是在后来某一天黎明的时候。前一个夜晚，"管涌"造成了溃坝，在激战中，官兵们组成了人墙。后来，洪水撕开了一道口子，有一些官兵被冲跑了。

………

现在，高鼻子团长挂在了一棵树上。

退伍老兵挂在了另一棵树上。天色微明的时候，高鼻子团长发现这片林子里，挂了许多"兵"果。

高鼻子团长指挥大家唱歌，唱了一首又一首，他们在等待救援。

高鼻子团长总是盯着离自己不远的那棵树，盯着那个退伍老兵。

老兵已经筋疲力尽了，感到自己成了树枝上的一块烂泥巴。他知道自

少年梦·青春梦·中国梦——中国故事
[秦德龙] 不跪的人

已发高烧了，依自己的体验，不烧到 40 摄氏度，不会熊成这个鸟样儿。

已经 12 个小时了。老兵终于坚持不住了，瓜熟蒂落般从树上跌落到水中。

高鼻子团长和几个战友"噗通噗通"向老兵游去。高鼻子团长听见有人喊老兵的名字，他终于想起来了，这个退伍老兵，曾经被关过禁闭。

号 手

老陆老了。

树老根多，人老话多，老陆就爱喷闲嗑。老陆12岁当兵，吹军号吹了10年。解放战争、抗美援朝、西藏平乱，老陆都赶上了。老陆的故事很多，肺活量又大，喷喷闲嗑，很有资格。

老陆喷闲嗑，专爱给老太婆们喷。因为老太婆们专心听讲，不和老陆抬杠。她们尊重老陆，说老陆是老干部，今天的好日子，是老陆用军号吹出来的。老陆说：不能那样说，可不能那样说……

是的，老陆很少和那些长胡子的老家伙们在一起喷嗑。因为他们太爱瞎喷了，喷得太离谱了，好像他们什么都懂，什么都知道。其实，他们哪有老陆过的桥多呢？比如，有个老王头，根本就没去过西藏，居然也在大伙儿面前胡喷西藏的水葬和天葬。水葬和天葬，让老陆喷，能喷一天一夜。可老王头，10分钟就喷完了，老陆能不跟他急吗？老陆刚批评了他两句，他就呛老陆：你老能，你不就是个吹号的吗，你不就混到连级吗？

类似这样的不快，发生了几次，老陆就懒得和那些老家伙们闲喷了。让他们瞎喷去吧，我不听行不行？我不管行不行？老陆对老伴说。

老陆不爱和老王头他们喷，还有个原因，就是嫌他们开口闭口总是说钱。一见面，不是问候你身体如何，一开口就问你挣多少钱？还问你享受什么待遇，是离休还是退休？老陆一听就烦了，拔腿就走人。老陆也不和老王头他们打牌，不和他们争高低，不跟他们分天下。

每天，日上竿头的时候，老陆就搬个小板凳，坐在墙根下，晒太阳。很快，就有一些老太婆围上来了，听他谈今说古，听他讲战斗故事。老陆喷兴大发，喷到开心处，就和老太婆们朗声大笑。

有一天，老陆正和老太婆们喷嗑，老王头领着几个老家伙过来了，要老陆和他们一块去静坐。老陆问：静坐？给谁静坐？我 12 岁就参加革命了，让我去静坐？

老王头说：老同志的待遇要上去，就得静坐去。

老陆说：你老王头在职的时候，是个正处级，还有你们几个，不是副处，就是正科，退下来了，不缺吃，不少喝，闹什么静坐？

老陆高腔大嗓，把几个老家伙羞得脸上发烧。

回家后，老陆和老伴说：真是吃饱了撑的，想拉我去静坐！和我一块儿当兵的 24 个战友，一次就牺牲了 21 个……

老陆怀里捧着一把黄铜军号，两颗泪珠砸到军号上，很亮，很亮。

夺 冠

　　我们班要代表连队参加军区格斗比赛了。战友们群情激昂，志在必夺，仿佛金牌正在向我们招手微笑呢。连长对我们说："这次比赛，强手如林，我可不想看见你们爬着回来。"

　　连长说完，甩开皮鞋，叭叽叭叽开路了。我们被丢在操场上，成了一串感叹号，将操场扩大得空旷无边。

　　我们都明白连长的意思，连长已经不止一次给我们讲过那个"爬着回来"的故事了。

　　那也是一次格斗比赛，某班10名战士被打得惨败。比赛结束后，班长冲着全班战士大吼："我们被打败了，我们爬着回去！"于是，在军区的赛场上，出现了一幅悲壮的画面：众目睽睽之下，10名战士爬着退出了赛场。这种败军知耻的激情，震撼了所有的官兵，赛场上响起了热烈的掌声。10名战士泪流满面，发誓要在下次比赛中雪耻。结果，在第二年的比赛中，他们果真夺魁。

　　全军上下，几乎人人都知道这个故事。不用说，我们班的所有对手，也一定被这个故事激励着，感染着。谁都不想爬着退出赛场，但总要有人被淘汰出局。到时间，就看谁能笑到最后了。

　　班长一直眉头紧锁，带着我们在烈日下苦练。一天下来，每个人的衣服，都能拧出半盆汗水。我们悄悄在背后说，要不然给班长提个建议，咱先练练满地爬，体会体会啥滋味？

我们的建议被班长采纳了，班长的黑脸乐开了花。班长赏了我们一人一拳，算是对战友们的奖励。这样，每天练兵结束的时候，我们都要在班长的带领下，在操场上爬两圈，模拟败兵退场。连长听说了，特别高兴，率领全连官兵观看我们练习爬行，为我们鼓掌加油。

比赛这天终于到来了。班长将我们集合起来。班长说，我们今天一定要拿冠军，拿不到冠军，我们就不仅仅是爬着回来了，我们就当场蹲下去尿吧！

我们"哗"一声全笑了。班长可真会骂人，把咱比作不争气的娘儿们了。

我可不是和你们开玩笑。班长说。班长的脸色铁青，他让我们围成了一圈，他站到了中间，中间放了个盆子。班长居然解开了裤子，蹲下身去，"哗哗哗"尿了起来。

我们的脸都涨红了，默默无言地望着班长。

就这样尿，一人先尿一泡。班长下令，让我们照着他的样子，预演一次。

好在这一切是在室内进行的。

我们班如蛟龙出海，横空万里。比赛的结果，我们班大获全胜，拿到了军区的金牌。

连长笑眯眯地说，知耻者必胜。我们这才知道，比赛之前，班长喂我们那一招，是连长教的。连长是当年"爬着回来"的战士之一。

背着父亲上井冈

　　到了井冈山，韦京才告诉我，他的父亲也来了。我瞪大了眼睛问："韦京，开什么玩笑？"一路上，我和韦京上下铺连着，哪见过他老父亲的影子？

　　韦京意味深长地说："是真的，是我背着父亲来的。"韦京说着，朝窗户下的那张空铺努了努嘴。"喏，老父亲已经睡下了。"

　　我的目光落在了那张临窗的床上。我看见了一个红布包裹，有棱有角的，里面像是个盒子。怎么，韦京的父亲就在那只盒子里吗？

　　"是的。"韦京告诉我，他把老父亲的骨灰背到井冈山来了。我吃惊不小："韦京，你要干什么，难道要把老父亲的骨灰安葬到井冈山吗？"

　　我知道韦京的父亲，一位红色老战士。

　　韦京说："我只是想背着父亲，看看革命摇篮井冈山。"

　　韦京告诉我，老父亲病故后，他背着父亲的骨灰，先后去过嘉兴、延安、西柏坡，现在来到井冈山，为的是了却父亲生前的凤愿。因为，井冈山是父亲生前最想去的地方。韦京说："看过井冈山，返程的时候，走长沙，将父亲的骨灰撒到湘江，也算魂归故里了。"

　　我读懂了韦京。就这样，我和韦京，不，还有他的父亲，住到了井冈山的一家宾馆里。白天，我们在宾馆的会议室开会，韦京的父亲一个人在客房里睡觉。韦京说："井冈山的风水好，该让父亲好好地在这里睡几天。"

在井冈山开会，当然要游井冈山了。韦京背着他的父亲，我们一块游览了茨坪、黄洋界、五指峰、龙潭等名胜景观。行走在青山绿水间，除了我清楚韦京行囊中的秘密，再没人知道他为什么总是肩负着一个红色的行囊。是的，我不离韦京的左右，他走到哪儿，我都会在一边呵护着他，唯恐他脚下有什么闪失。有时，我想替韦京背一背他的父亲，可他执意不肯，累得满头大汗，也不让我分担。韦京说："父亲的骨头很沉，真的很沉。"我相信他的话，因为韦京认为他父亲活着。

我们来到了黄洋界炮台。韦京将他父亲从肩膀上放了下来，放到炮台的巨石上，任凭山风劲吹。韦京肃立默哀后，深情地对着父亲说："爸爸，我给您朗诵一首毛主席写的诗吧——山下旌旗在望，山头鼓角相闻，敌军围困万千重，我自岿然不动！"

后来，韦京又背着他的父亲，去了龙潭边的竹林。韦京为他父亲朗诵了《井冈翠竹》的诗篇。我们又去了烈士陵园。韦京说："红色江山的创始人，都安息在这里。"韦京双手环抱着父亲，默默地绕场一周。

韦京用这种特殊的方式，祭奠了他的父亲，一位红色老战士。

5 天后，我们从井冈山下来，取道南昌，拿预订的返程车票。我和韦京买了同一个车次，他到长沙，我到郑州。在宾馆洗过澡后，我提议去看"八大山人"。韦京说："这次就不带老父亲去啦，让老父亲在宾馆好好睡一觉吧，从井冈山下来，又是坐汽车，又是倒火车，老爷子也累了！"

我和韦京一路搭车，很快就到了南昌郊外的青云谱。我们在这里弄明白了"八大山人"不是八个人，而是一个人，是明末清初的画家朱耷。我们正在画廊中漫步，为朱耷那冷逸清空的笔调而感慨，就听韦京冒了一句："也不知父亲在宾馆里怎么样了！"听他这么一说，我当即有了心惊肉跳的感觉。韦京这是干吗呀，怎么心里总放不下那个骨灰盒呢！

韦京拉着我，焦急地说："哎呀，差点忘了，父亲生前说过的，一定要去一趟八一纪念馆！"

于是，我和韦京离开"八大山人"，立即赶回了宾馆。

韦京又背起了他的老父亲。韦京深情地说："老爸，您看，我们只顾去看八大山人了，差点把您的大事忘了，我这就满足您的心愿！"

我们打了一辆的士，直奔中山路的八一纪念馆。在院子里的一棵绿树下，我们把韦京的父亲放在了树下的躺椅上。韦京流着泪说："老爸，八一纪念馆到了，这就是军旗升起的地方啊！"此刻，我的眼圈也红了。

那天晚上，我们乘火车离开了南昌。列车呼啸着穿过夜幕中的原野。黎明，车到长沙的时候，韦京背着他的父亲下车了。我紧跟在他们的身后，去了滚滚的湘江。

义 举

　　五叔看见了那双罪恶的爪子割烂了英俊青年的皮衣。而且，还看清了那只爪子叼住了一沓钞票。

　　英俊青年和他身边的女人全然不知。五叔看出来这是一对来自他乡的小两口。小两口那副甜蜜样，令五叔眼前发晕。

　　五叔已经发现了那只罪恶的爪子把钱转移给了另一只罪恶的爪子。沿着两只罪恶的爪子向上看，只扫了一眼，五叔就认定这是两匹来自北方的狼。五叔对这一带的年轻孩子了如指掌，因为他是乡里中学的校长。校长的脑海里，从来没有拷贝过面前这两张阴冷的面孔。

　　五叔本能地在心里喊了声："有贼！"但是，面对两匹年轻的白眼狼，五叔力不从心。毕竟他已年过半百了。如果五叔此时高喊一声："抓贼啊！"车上会有多少人见义勇为呢？特别是那个英俊青年，他会不会挺身而出呢？五叔曾经从报纸上读过许多英雄流血又流泪的故事，每次他讲给我听时，都是唏嘘不已。

　　五叔还是决定向英俊青年通报他失窃的信息。五叔如果不把心里话说出来，日后会憋出来一场大病的。此时，五叔在想，小偷得逞后下车，英俊青年和他的媳妇将不会再有欢乐的旅行，他们会把坏心情传染给每一个善良的亲人。

五叔就这样做出了决定。他自然而然地对英俊青年说："你恁新的皮衣，烂个口子，怪可惜！"五叔以他的机智，轻松地表达了他的意图。

英俊青年听见了五叔的话。他伸手摸了摸崭新的皮衣，一切都明白了。英俊青年呼地站了起来，高声喊道："车上有小偷！我的钱丢了！"

五叔在心里笑了起来。他知道英俊青年不是个草包。

"今天，不把钱给我交出来，谁也别下车。司机师傅，请把车开到公安局。"英俊青年说着，撸下了自己手上的戒指，交给了身边的媳妇。"我就不相信，我找不回来我的钱！"英俊青年额头的青筋突突直跳。

五叔此时满面红光。还犹豫什么呢？五叔对那两个白眼狼喝道："还不把钱拿出来？等着挨揍吗？一车人哩，捶死你们俩！"

两个小偷悻悻地把钱交出来了："放了俺们吧，大爷，兄弟，对不起，真是对不起。"

"说个对不起，就完了？割烂了我的皮衣，咋说？"英俊青年厉声说。话音刚落，五叔就带头笑了，一车人都跟着笑了。

两个小偷摸出来 300 块钱："赔你的皮衣……"

司机停住车，两个小偷下去了。五叔一阵诧异："不该停车呀，咋不把两个坏蛋送公安局！"司机表情木然，充耳不闻。

五叔嘴里嘀咕着："邪不压正嘛。你看这小伙子，戒指一撸，大义凛然！"

英俊青年笑道："我那是假戒指，戴着玩的！"英俊青年说着，点出来50 块钱，塞给了五叔："老叔，这是我奖励给您的，您举报有功！"

您说，五叔接没接钱呢？

五叔告诉我，他把钱接住了。

我很惊诧："五叔，您……您接了钱，就不是义举了。"

五叔笑道："我不觉得自己不伟大，更没觉得自己很伟大。如果人人都有勇气拿这个钱，也许，小偷就绝种了。"

后来，报纸上展开了讨论：五叔是不是义举？该不该拿这个钱？

讨论来讨论去，没有结果。打开报纸，还是不断见到车匪路霸的影子。

永远的苹果

我在京城举目无亲。小偷顺手牵羊，牵走了我的羊皮钱包。我一筹莫展，孤零零地行走在北京街头。

突然，我看见一家报社的牌子。我想起来前不久我在这家报纸上发表了一篇稿子，但尚未收到稿费。

我挠了挠脚心，把自己搞笑了。我扬起灿烂的脸孔，走进了报社。

没想到这家报社这么简陋。编辑们都在忙着，没人在意我的到来。好在我手里捏着一张工作证，能够说明我的身份。

接待我的是通联部主任。她是个白色的大眼睛姑娘，穿白衣服，皮肤也白。看见这样美丽的姑娘，很容易使人想到绿色的春天。

她告诉我她叫肖明。

肖明很快就查到了稿签和稿费单底联。令我失望的是，我的 50 元稿费，已经在昨天汇往我的单位了。也就是说，我白欢喜了一场。

这时候，我听见我的肚子叽叽咕咕地叫了。

我只好卸下男子汉的脸面，告诉肖明，我身无分文了。

听了我的讲述，肖明把手上的关节掰得嘎巴嘎巴响。

接下来的事情就简单了。肖明为我拨通了单位的电话。我立即向单位申请了电汇。我语无伦次的样子，令肖明忍俊不禁。

她问我能不能把这次的遭遇写成稿子？

我说能，当然能。我就当着肖明的面，挥就了一篇杂文。肖明一看，当场就说了 OK。她拿出 100 块钱说：这是您的稿费，预支的。

可以想象，我接钱的时候，整个人都像一朵葵花似的，对着太阳怒放了。

我更没想到，肖明又拿出一只大苹果，递给了我，叫我喂肚子。

这只苹果真红真大啊。

我怎么好意思吃人家的苹果呢？更何况，肖明只拿出来一只苹果，也许，她这儿只有一只苹果了。

肖明见我不吃，就笑道：怎么，是不是不会削皮呀？

我的脸窘得像一只红苹果。

我知道，这只苹果，注定该我吃了。我将苹果吃得轰轰烈烈，连苹果皮带苹果核都被我榨干了汁儿。

肖明带着矜持的微笑，观赏着我的吃相。

我敢断定，吃苹果的我，毫无绅士风度，一定像个可爱的孩子。

从北京回来后，我的办公桌上，就开始摆放苹果了。凡是值得我帮助的人，我一定要请他（她）吃一只苹果。

也许你不信，只要我去找那些我帮助过的人，总能在他们那里看见红艳艳的大苹果。

是的，我常看见一些人在吃苹果。

当然了，我走到哪里，都有苹果吃。

献　血

要献血了。

文件传达下来了，要组织党团员青壮年献血。老卞把文件给大家念了，小媳妇们都抿着嘴乐，表示愿意参加献血。

单位很小，老卞是头头。老卞说：我是党员，我该带头献血，怎么文件还规定超过 55 岁不让献呢？

有人就笑道：老卞，您是老功臣了，把机会留给我们年轻人吧。

老卞一笑：那是，年轻人要是都报名了，我就没必要献了。老卞说的时候，用眼睛直剜李二刚。李二刚一直不吭声，好像献血和他无关。

老卞说：女同志都报名了，个别男同志也该表个态。

李二刚明白老卞在说他，就把脸一红说：我有病，不能参加献血。

老卞一听这话，心里就冒火。你有病？有什么病？肥头大耳的，一天到晚骑个摩托车乱窜，尽鼓捣私事了，咋没听说过你有病？

不过，老卞这些话没好意思当面说出来。老卞只在心里给李二刚划了一道，不想现在修理他。

单位里除了老卞和李二刚之外，都是结过婚的妇女，挺不好领导。老卞不想在这件事上和李二刚较真。献血不比捐款，毕竟要从人身上往外抽呀。当然了，老卞要想修理谁，有的是办法。比如，上次给灾区捐款，李二刚公开表示不捐。老卞就宣布说：贴个名单，谁捐多少注明，不捐的就在他的名字后面画个鸡蛋。这一招很灵，李二刚这个空白点，当场就插上了红旗。

献血那天，妇女们都排着队去了。老卞指挥李二刚上街去买奶粉，每个献血者发10袋。李二刚红着眼珠骑摩托车出去了，很快又空着手回来了，问老卞发购物券是不是更好一些？老卞知道他有小九九，就不理他，把他晒在一边，晒成萝卜干。

献血的妇女们很快就回来了，一个个兴高采烈的，又说又笑。献血站给她们每人发了两副扑克牌，还有一个面包。她们举着献血证让老卞看，老卞接过来就转给了李二刚，李二刚那胖脸就臊得比公鸡那冠子还要红。

老卞宣布说：凡参加献血的同志，每人奖励二百块钱。

妇女们当场欢呼起来。李二刚被晒在一边，看着别人数钱，心里亏死了。李二刚就向老卞请假，明天不来了，要去医院。

第二天，李二刚真的没来上班。快到10点钟的时候，有人打电话来说，李二刚被汽车撞了，让单位领导马上来医院。

老卞的心里"咯噔"一下子，带上工会主席就往医院跑。到医院的时候，李二刚的老婆正在门口哭哩。老卞一问，才知道李二刚骑摩托在街上疯，不小心吻了汽车的屁股。

李二刚留了很多血，急需输血。李二刚的老婆没带钱，医院不给输。老卞马上挽起胳膊说：输我的，我是O型！

护士嫣然一笑，立马就把针头给老卞攮上了。

老卞的热血就流到了李二刚身上。

李二刚伤好了之后，才知道是老卞给他输的血，就很感动，非要给老卞二百块钱。老卞瞪着眼睛说：净胡闹，瞎胡闹！你要真想感谢我，你把身体恢复好了，到献血站去献血！

李二刚瞪着眼睛，想了好久。

李二刚变了个人，干活开始卖力了，也很关心集体，咋看咋像个雷锋了。李二刚说：血管里流着老卞的血，一蹿一蹿地发热。

好人好事

老王是个好人，好人就爱做好事。老王做的好事，让大家说说，能说一火车。因为老王几乎每天都要做好事，随时随地都在做好事。

当然，老王做的好事，都是看上去很不起眼的小事。能把别人不做的小事做好，这样的好同志越来越少了，于是大家就称赞老王："好人，好人啊！"

老王真的是个好人。比如，他走在滨河公园的路边，看见彩灯掉在了地上，就上前去把灯线重新挂好。他做这件事的时候，神色很平静，一点儿也没有干大事的矫情。

老王每天上班都要路过一片草坪。草坪中间，被人踩出来一条斜路。老王从来不走斜路，老王一步一个脚印走在草坪外边的四方路上。

这样的小细节，足以证明他是一个心灵闪光的人。

老王在社区里口碑好，在单位里更让人跷大拇指。凡是别人不干的小事，他都看在眼里了，而且都默默无闻地做好了。

单位里的厕所，是最不受待见的地方，没人对它感情投资。方便之后，总要洗手吧，有人就用厕所的门帘擦手，将白色的门帘擦得又黑又黄。老王发现了这个问题，就主动把门帘洗干净了，洗得雪白雪白，中间那个鲜红的"男"字，洗得格外醒目。这件事，没有感动多少男同胞，倒把几个女同胞惹得难为情了。她们解下女厕所的门帘，洗了又洗，还喷了香水。文明委来检查的时候，一个女头头说："我不看别的，我就看厕所上的门帘，它干净了，其他地方都可以免检。"

老王的单位就评上了"文明单位"。大家都说老王功不可没，建议领导给老王评个"文明标兵"。领导半挤着眼说："一个人做点好事并不难啊，难的是一辈子做好事。这次名额有限，以后再争取吧。"其实，领导早把自己的名字报上去了。老王后来知道了，也没计较。他当然不会计较了，老王是个不计较小事的好人。

老王还是一如既往地做好事。就在单位正式挂"文明单位"牌子的前一天，老王又做了一件好事。因为要正式挂牌了，所以要突击打扫卫生，就清理出来了一些废旧杂物。街上收废品的老乡，趁机上楼了，挨屋收废品。各科室都卖了许多破烂，大家得了钱，都很高兴，就提前十几分钟回家洗澡去了。楼上只有一个老王没走，他要坚持到按点下班。就在老乡扛着两个大编织袋下楼的时候，老王拦住了老乡："把袋子里的东西掏出来看看。"

老乡不情愿地说："废纸，都是废纸，都是你们不要的！"

老王坚持要老乡倒出来看看。老乡看出来，老王较真了，就索性来了个竹筒倒豆子，把一堆破烂倒在了老王的脚下。

老王用脚尖拨拉了一番，脸色就变了。原来，他发现了一些上级红头文件和本单位的报表。老王说："这些文件材料不能卖，废报纸你装起来吧。"

老乡很不高兴："你扣下的那些，我已经付过钱了，该咋说？"

老王说："我请你喝豆奶。"

老王把老乡引到屋子里，取出个一次性杯子，给老乡冲了杯豆奶，还打开了一包饼干。老乡笑了，洗了洗手，坐在椅子上，舒舒服服地喝着豆奶，吃着饼干。

老乡吃喝完毕，揉了揉鼻子，心满意足地走人了。

老王把赎回来的那些文件材料放好，下班回家去了。

一刀切面馆

老蒋被一刀切了，说切就切了，来了个"斩立决"。老蒋的心，好比燃烧的蜡烛，滴滴答答流泪。告别岗位那天，老蒋攥着机床手柄，手心哗哗地冒油。

"内退"回家，老蒋歇了些日子，擦干了眼泪，开了家面馆。招牌挺抢眼：一刀切面馆。

牌子一亮，很快就把食客们的眼球吸引过来了。听说是老蒋开的面馆，谁都想进来吃碗面条。谁不知道老蒋啊，厂里有名的"一刀切"大王。车工老蒋，身怀绝技，一把合金刀，玩得溜溜转，切出来的零件，要马有马，要驴有驴。

是的，老蒋没料到，"内退"的大刀会砍到自己的头上。听说"内退"给很丰厚的待遇，别人美气得光想喝酒，老蒋却高兴不起来。老蒋也说不清自己为啥不高兴，只是想不通，自己怎么会进入"改革成本"？当然，老蒋也明白，董存瑞炸碉堡，总要有人做出牺牲。

既然退下来了，就得找个事干。老蒋就想到了开面馆。

因为老蒋爱吃面条。因为很多人爱吃面条。因为更多的人爱吃面条的亲戚——烩面、馄饨、水饺、馒头、烙饼。老蒋准备一步步把面条和面条的亲戚们优化重组。老蒋相信，自己有 30 多年的刀上功夫，削铁如泥，切切面条、做做面食，那还不是小把戏？重要的是，老蒋看准了面馆的卖点。厂里人员精简了，岗位上的同志会更忙，会有更多的人需要快餐。况且，面食质优价廉，也很适合那些在家"内退"的人填肚子。

果然，面馆的生意，特别的好。人们一拨拨过来，除了喂饱肚子之外，主要是想寻找"一刀切"的感觉。总能听见熟人们这样打招呼："您也切啦？""能不切嘛！""切得真痛快呀！""我的脖子也洗净了——可没切着！"

听着人们相互打趣，老蒋的心里就挺惬意。

有人问老蒋："听说外面来挖你，你还不想去？嫌给的钱少？"

老蒋笑而不答。没人知道老蒋的想法。老蒋在想，我哪儿都不去，我就守在这儿，开面馆，把面馆进行到底。也许，哪一天，厂里有了麻缠事，厂长会来找我。

老蒋固守着这个念头，内心充满了希望。每天，他都盼望着厂长的身影。

冬季里的新闻

　　市长刚刚看过晚报，手里的铅笔断成了两截。晚报上刊登的一则图片新闻，令市长气恼极了。昨日上午，在人民广场举行的一个宣传活动中，某艺术小学的一群女娃子，穿着短纱裙在飞雪中表演天鹅舞。雪花飘飘，孩子们边舞边哭。市长震怒了，他感到了内心的耻辱。

　　若不是昨天有个临时的事项急着处理，他也是要到人民广场去的。可他没想到，有关部门会策划出来这么一个"雪中天鹅舞"，折腾一群天真烂漫的孩子。市长抑制着愤怒，在报头上写下了一行草书："雪天扮演小天鹅，谁把少儿当企鹅？"

　　市长驱车赶往郊县的水利工地，孩子们痛苦的表情还在他的脑海里浮动，挥之不去。雪已经停了，风还在呼啸。远离了市区的喧闹，他的心平静了些许。他是去水利工地参加开工典礼的，他期待着那种战天斗地、热火朝天的场面。因为，当年他也曾是水利工地的一员。

　　然而，等待他的却是另一种氛围。

　　水利工地特意搭了个巨大的彩门，迎接市长过来剪彩。市长从轿车里一出来，就有人把棉大衣给他披到了肩上。他被人引导着，走到了典礼台上。典礼台上坐满了各级官员，他们和他一样，披着崭新的清一色的棉大衣。

　　望着台下的民工队伍，市长的屁股坐不住了。那些民工，在寒风中瑟瑟发抖，个个冻得如同流浪的猫狗。市长明白了，原来，民工们是迎着风口站立的，他们用身体为典礼台挡着寒风。市长的鼻子一阵发酸。他喊过来了工地的总指挥，告诉总指挥，他要以市长的名义，下达一个命令："全体民工，向后转！"

民工们按照市长的命令，背转过身子。寒风再也刮不到他们的面颊上了。市长走下典礼台，带着全体官员，绕到了民工们的面前。市长迎风而立，对现场总指挥说："开工典礼，可以开始了。"

民工们报以热烈的掌声。有的民工，流下了动情的泪水。

典礼正式开始了。各级官员讲话，民工代表讲话……唯有市长没讲话，一句话没讲。

开始剪彩了。一排姑娘牵着彩绸过来了。她们是从艺术中学请来的女学生，个个穿着旗袍，衬出了曲美的身段。几个女学生端着瓷盘，站到了领导们的面前。只要领导们动动剪子，红绸上的彩球，就会准确地落到盘子里。

市长迟迟没有拿起剪刀。

市长的脑海里，又浮现出昨天晚报上那则"风雪小天鹅"的画面。

市长分明看见，这些身着旗袍的女学生，已经冻得嘴唇发紫、面色苍白了。他想起自己的女儿来了。女儿在北方的一座艺术院校里学表演专业，也不知此时在表演着什么呢。

市长的眼角湿润了。

市长把身上的棉大衣脱了下来，披到了他面前的那个女学生的肩上。

市长身边的那些官员们，面面相觑。很快，他们也把棉大衣脱了下来，披到了自己面前的女学生肩上。

掌声在工地上再次响起来了，经久不息。

翌日，晚报发表了水利工地开工典礼的消息。记者采写的报道中，特别提到"向后转"和"披大衣"这两个细节。市长亲自审阅了新闻稿，把这两个细节划掉了。

这两个细节却在城市的冬季里，悄悄地传诵。

老娘土

"娘，娘！"兰子一进门就喊娘。娘不在屋。娘去哪儿了呢？总不是外出看闺女去了吧？

娘的闺女多。娘到了哪儿庄，都有闺女。哪儿庄都有人喊娘，喊娘喊得像亲闺女。

"娘，您到底有多少闺女？"有一次，兰子问娘。

娘笑着："我也不知道，跑到我这儿的，我领回家的，都是我闺女。"

呵呵，娘啊，自己都不知道认了多少闺女。

说起娘的那些闺女，1001 夜都说不完。每个闺女，都有一个故事。娘看谁可怜，看谁喜欢，就把谁领回家，认人家当闺女。

那些逃婚跑出来的闺女，还有那些被男人打出家门的闺女，娘把她们都收下了，来一个，收一个。留她们吃饭，给她们换衣裳，让她们在家里睡觉。那些闺女，哭喊着"娘、娘"，讲述着自己的悲惨故事。

娘潸然泪下。

闺女们走的时候，娘把她们欢欢喜喜地送出家门。当然，也有不愿意走的闺女。娘就好言相劝，托媒人给她说个好婆家。闺女出嫁的时候，总要抱着娘唱一支凄婉的嫁曲。

娘的闺女遍乡下。娘走到哪儿，都能看见自己的闺女，都能听见有人喊娘。

　　是的，娘只有一个亲生闺女——兰子。兰子在城里工作，一年总要回几趟家。回家也住不了几天。娘在乡下有那么多闺女，娘不会感到寂寞。

　　"娘，娘！"兰子终于在集上找到了娘。娘正在摸彩票哩。娘真是的，恁大岁数，和年轻人一样爱凑热闹，也想中大奖哩！

　　娘笑着，望着自己的亲闺女，辉煌地笑着。

　　"娘，你中了多少奖？香皂、洗衣粉、毛巾……不值钱的东西，要恁多弄啥?!"兰子埋怨着。"每月，我和俺哥都给你钱，你不够花?"兰子说着，扯过娘的手，握住了一手老茧。

　　"够花，咋不够花！我就不兴济点儿贫?"娘仍笑着，慈祥地笑着。

　　兰子扯着娘的手，把娘扯回了家。

　　兰子听哥说过，娘走丢了好几回。也不知娘走到哪儿庄去了，走出去了，就走不回来了，不认路了。

　　"兰子，等我中了大奖，钱多了，就养个花房。"娘说。

　　"想得美！"兰子娇嗔道："娘，我知道了，您有多少闺女，您就栽多少盆花，对不？一盆花，一个闺女。闺女多了，数不清！"

　　娘豁着牙，笑了，笑得满脸都是菊花。

　　回到家，兰子看见后院有一些花盆，盆里的鲜花姹紫嫣红。

　　娘指着一盆兰花说："这盆是你，我先给你养一盆。"

　　娘又指着那些五颜六色的花朵，告诉兰子，这一盆是谁，那一盆是谁，都有名字，一个闺女一盆花，都是娘收养过的闺女。

　　兰子心花怒放了。

　　兰子回城的那天，要抱走那盆属于自己的兰花。娘说："抱走吧，我再养一盆。"

　　兰子说："您养一盆，我抱一盆。只要是兰花，都是我的，我都抱走！"

　　娘笑了："随你！你想抱花，你就天天回家抱！"

　　兰子正要抱着兰花离去，娘喊住了她。娘捧起了一把黄土，撒到了花盆里。娘说："这是老娘土。花儿到了哪里，总离不开老娘土！"

"娘！"兰子的眼睛潮湿了。

兰子走了，抱着兰花回到了城里。

每隔一段时间，兰子就要跑回乡下去，看一眼娘，抱回来一盆兰花。每次，兰子抱花的时候，娘总要在花盆里添一把黄土——老娘土。

后来，兰子就不只是抱走兰花了。五颜六色的花，想抱哪一盆，就抱哪一盆。她知道，自己抱得越多，娘栽的花就越多。是的，每次，娘都要给花盆里添上一把老娘土。

兰子家的阳台，就开满了鲜花。

冬天，当花朵凋零的时候，花盆里却散发着奇香。那是花的血肉，融进了花盆里的老娘土。

卖大米

爹叫两个儿子去卖大米，或者说，去卖沙子。爹指着一堆沙子说，一百斤大米，掺两斤沙子。两个儿子都明白爹的意思，秤上缺斤少两，用沙子找补。

每天早晨，两个儿子，一个去北市场，一个去南市场，各自开张，卖大米，也卖沙子。

老大在北市场。老大直接把沙子掺到了大米里，一百斤掺二斤，十斤掺二两。掺得很均匀，看不出来。生意还行，没有人当场挑沙子。挑也挑不出来，没有人费这个心思。大米里有沙子，是很平常的事。

老二在南市场。老二和老大不一样，他没有把沙子掺到大米里，而是另外装在一个小袋子里。有人来买大米了，老二就叫人家看秤，人家买十斤大米，他只给人家称九斤八两。人家看过了秤，就问："为什么少二两？"

老二就指着沙子说："你要吧？我给你称二两！"

买大米的人，就很生气："你是卖大米，还是卖沙子？！"

老二笑道："您哪，别着急！本来，沙子是要掺到大米里的，可我没掺！怕您淘米时麻烦。可我也不能吃亏呀！对吧？您想足斤足两，那就只好添二两沙子了。但我保证，我的大米里，绝对没有一粒沙子！"

买大米的人顿悟。买大米的人就付足了钱，掂上大米走人。当然，人家不会要那二两沙子。

吃亏吃到明处。买大米的人这么想，对老二的印象还不错。知足吧，现在买东西，上哪儿见这么厚道的人?!

一个买大米的人这么想了，就对另一个买大米的人说了。另一个人又对另外一些人说了。于是，一传十，十传百，人们都上老二这边来买大米了。他们买走了大米，放弃沙子，却都很满意。卖大米的小老板精明又朴实，挺会做生意!

老大的生意，已经在直线下跌了。一天卖不了几斤大米，更别说卖沙子了。老大心里嘀咕着，就悄悄地跑到了南市场察看。一看就看明白了。老大就火了，就回家对爹说了，说老二破坏了规矩，只卖大米，不卖沙子，把人都争走了。

爹捋着胡子，笑了起来。

爹说："老二做生意上路了。从第一天起，老二就是那一小袋沙子，到现在，卖出去上千斤大米了，还是那一小袋沙子! 老二把沙子的成本都省下来了，你说是不是呢?"

老大很不服气。老大说："这样吧，您再容我几天，买大米的人，自会回到我身边!"

果然，没用几天，买大米的人，一拨一拨地，全都跑到北市场来了，来买老大的大米了。

人们买老大的大米，总要先问一句："掺沙子了没有?"

老大昂着头说："没掺!"

当然，他掺了沙子。掺了，也说没掺。这就叫做生意。好比有人买葡萄，先问卖家酸不酸? 卖家肯定说不酸! 又好比有人买西瓜，先问卖家甜不甜? 卖家肯定说甜，比蜜都甜!

来买大米的人，听老大说没掺沙子，就买走了大米，当然，也买走了沙子。他们有时会给老大说两句，说工商局把南市场卖大米的给修理了，把他的沙子掂走了! 还说南市场那家伙真不地道，居然公开搭售沙子，这不是羞辱消费者嘛!

听人们骂老二,老大就坏坏地笑了。老二呀老二,到底谁会卖大米,出水才看两腿泥!

老二的大米已经卖不动了,说卖不动,就卖不动了。

当着爹的面,老二向老大求教了。老二很想整明白,自己一不榷(骗),二不哄,大米怎么就卖不动了?

老大笑道:"人啊,都是吃榷(骗)不吃敬!你以为你高尚?你高尚了,你就去做和尚!"

老大又说:"问咱爹,是吧?去年,咱爹动手术,咱给医生送红包,送不出去,咱就怀疑人家不会认真做手术!死乞白赖地让人家把红包收了,咱心里才踏实了!是吧?爹!"

爹点了点头。爹已经无话可说了,看起来,十八的就是精不过二十的!

私下里,老大对老二说了句真话:"兄弟,别怪哥心狠,工商局掂走你的沙子,是哥给捅的。做生意嘛,心不黑,咋能中?!"

老二说:"哥,我不怨你!明天卖大米,我也掺沙子!"

第二天,老二又去卖米了,他面前没有了那一小袋沙子。他称得足斤足两,生意比从前还要好。其实,他并没有掺沙子,爹和老大都不知道。

高考 30 年

　　柳秀才是个典型，是个考大学的典型。从 1977 年开始，他不断地参加高考，立志要考上北大中文系。中间有几年，因为年龄限制，不让参加高考，可他参加了自考。后来，取消了年龄限制，他又接着报名参加了高考。

　　嚯嚯嚯，30 年啊，柳秀才由一个 20 多岁的白面书生，考成了一个 50 多岁的半老先生。

　　都知道柳秀才拿高考当饭吃了，考了一年又一年，仿佛人生的终极目标就是大学校园。这就感动了许多人。瞧瞧人家柳秀才，真有毅力！

　　说是这么说，人们还是忍不住叹息。每年高考，柳秀才也就是考那么二三百分，总是离录取线差一半还挂零。真难为了柳秀才啊。

　　有人就委婉地劝他："今年考 270，弄不好，明年还是考 270。"

　　也有人直言不讳："老实讲，明年能考 270，也是个本事。弄不好，也可能考 250 呢。"

　　柳秀才不生气，他不生气。他知道人们是为他好，才这么说的。柳秀才说："搂草打兔子，我啥也没耽误啊。首先，我有个正式工作吧？其次，我娶了媳妇吧？其三，我有了儿子吧？不考大学，我干什么呢？至少，对孩子也是个促进吧？"

柳秀才说得对。榜样的力量是无穷的，在柳秀才的示范下，柳秀才的孩子茁壮成长，到了高中毕业，果然考上了大学，虽说不是北大中文系，但毕竟金榜题名了。

街坊邻居，都拿柳秀才的儿子做镜子。柳秀才的儿子能考上大学，我们家的孩子也该考上大学。我们家的孩子，不考上大学不行吧？不考上大学，怎么面对柳秀才呢？怎么面对社会呢？

柳秀才是一种压力，更是一种动力。

柳秀才的儿子考大学考走了，对柳秀才也是个激励。青出于蓝而胜于蓝，但柳秀才希望蓝者更蓝，永不褪色。

4 年后，儿子大学毕业了，发现老爹还在复习功课，还在要考大学。

儿子对柳秀才说："爹，算了吧，您都多大岁数了？北大中文系的大门，不是冲您开的。"

柳秀才说："出水才看两腿泥，我还没出水呢，你别给我撒气。"

儿子说："那您就考吧，我看您能考出来几斤几两泥。"

柳秀才用眼睛翻翻儿子，你知道啥，你等着，我非给你考出个名堂来。

果然，又一年，柳秀才再次参加高考，创出了历史新高，考了 335 分。柳秀才高兴得一夜没合眼。天亮后，柳秀才做了个短梦，梦见自己考上了北大中文系，在未名湖畔朗诵唐诗宋词。柳秀才就把美梦说给儿子听了，同时，还说要摆酒庆贺庆贺。

儿子决定给柳秀才换换脑子。不给他换脑子不行了，很明显的，老爹的脑子进水了。为了增强柳秀才的感性认识，儿子在一张纸上画了一个坐标系，从原点出发，建立了 X 轴和 Y 轴。然后，又从原点引出两条曲线。一条曲线上升到一定程度后，便开始水平发展，这条曲线叫做对数曲线。另一条曲线上升到一定程度后，持续向上发展，这条曲线叫做指数曲线。儿子指着两条曲线说："爹，您的人生轨迹，就是这条对数曲线。喏，您是水平发展，基本没有上扬。"

柳秀才望着儿子画出的坐标系，卡咕卡咕眼球，默不作声。

儿子又说："一般地讲，10 年以上工龄的老同志，应摆脱对数曲线的控制，获得向上发展的动力，这就叫大器晚成吧。"儿子说着，在对数曲线的末端补了一笔，画出一条飞速上扬的曲线。

柳秀才说话了："你说我是对数曲线，我就是对数曲线。对数曲线有什么不好？平平淡淡才是真，平平安安才是福。"

"那您为什么要死乞白赖地考大学呢？"

"我不考大学，我坐地摊打麻将去？我不考大学，我这辈子还有理想吗？"

"理想？"儿子不屑地笑了。儿子不说了，什么都不说了。既然老爹说到"理想"了，就让他为"理想"而奋斗吧。

儿子在家里不说，可不等于在社会上不说。唉，自己的老爹，真是个迂腐的老秀才，是个为理想而活着的老秀才，考大学考了半辈子，可能还要再考半辈子。两个半辈子相加，就是一辈子。老爹这一辈子，算是让高考给窝住脖儿了，扳都扳不过来。人们都点头称是。就算柳秀才的儿子不说，人们也都明白，柳秀才是个高考迷，这一辈子误在高考里了，不可自拔。

牙齿多的人，就把这事说给报社了。

报社"嘎嘣"一声就震惊了。会有这事？我们的身边，真的有把考大学当做理想而活着的老同志？美，就在我们身边，我们真的是缺少发现美的眼睛啊。报社正在策划"高考 30 年"的专版，原打算写一批参加过1977 年高考的社会精英。现在，冒出来个柳秀才，太好了，太另类了，太有新闻性了，太能抓人的眼球了。

报社当即就派记者去找柳秀才了。

可是，柳秀才不配合采访。柳秀才说："我正在备战明年的高考，寸金难买寸光阴，等我考上再说吧。"

"您明年准能考上吗？"

柳秀才笑而不答。

没办法，记者只好把柳秀才的儿子端上了"高考 30 年"的专版。不管怎么说，儿子参加过高考，儿子是柳秀才的最大成果。作为高考时代的历史见证人，柳秀才的儿子在专版上发表了"试述对数曲线与指数曲线交叉点即为人生领悟点"的专题宏论，洋洋万言。

柳秀才蹲在厕所里看了报纸，然后，用它擦了屁股。

一个才女的成长方案

　　杨少英同志很想把自己的女儿培养成一名才女，就是能考上北方某大学的那种才女。为此，杨少英同志专程坐了火车，跑到北方某大学去了。杨少英同志在北方某大学转了一圈儿又一圈儿，终于发现，北方某大学的女生，几乎清一色的发育不良，或者说，某大学才女未长成！

　　经过进一步的考察，杨少英同志发现，北方某大学的这些才女，普遍发育迟缓，除了读书，啥都不懂！杨少英同志琢磨再三，恍然大悟：女孩子一定要发育得慢一些，不然的话，心思就不可能用到读书上，就不可能考上北方某大学！

　　杨少英同志很亢奋，回到家就把这个重大感悟告诉了刘德云同志。刘德云同志是杨少英同志的老公，刘德云同志完全赞同杨少英同志的意见，限制女儿的发育速度，让女儿一门心思考上北方某大学！

　　杨少英同志和刘德云同志精心制定了成长方案，要点如下：

　　科学配餐，严禁女儿实用方便面和肯德基等中外快餐食品，严禁女儿喝各种瓶装饮料。女儿只能吃家常便饭，只能喝白开水。

　　严禁女儿穿高档服装和高跟鞋，更不许用任何品牌的化妆品。生活上要低标准，自觉抵制小资倾向。

　　严禁女儿参加各种聚会，免得有人在酒桌上讲黄段子，对女儿造成负面刺激而提前发育。

严禁女儿观看成年人的婚礼，不许女儿接触谈恋爱的女青年，不许女儿读爱情小说、看爱情影视剧，以免诱发早恋。

严禁女儿在高中期间配置手机，避免有人利用黄色短信，对她进行性骚扰，彻底封杀不良渠道。

严禁女儿擅自上网，网上要设置相关的"防火墙"，避免黄色垃圾通过网络渗透，造成精神污染。

严禁女儿收看成人电视剧，鼓励她以"低龄心态"收看少儿节目，尤其要鼓励女儿参加电视台组织的儿童活动，延缓其发育速度。

严禁女儿擅自进入父母卧室，严禁父母当着女儿的面，发生任何亲昵行为。为确保女儿处于低速发育阶段，父母应分室而居。

以上八条，杨少英同志和刘德云同志各备存一份，互相监督，随时抽查。

杨少英同志和刘德云同志确信，做到了这八条，女儿考上北方某大学，指日可待。为了确保贯彻落实，杨少英同志和刘德云同志首先分室而居了，一个留在卧室，一个睡到了客厅，过起了和尚、尼姑般的生活。白天，女儿上学去了，夫妻俩都上班，是没有机会亲近的。晚上，女儿上夜自习去了，即便有了机会，俩人也是呆若木鸡，决不越过三八线。杨少英同志向刘德云同志提出了明确要求："在女儿考上北方某大学之前，任何一方都不许越雷池半步。"

杨少英同志以身作则了，刘德云同志严于律己了。女儿也表现得很乖，很听话。在父母的精心呵护下，女儿滞留在低速发育阶段，只知道读书，不该想的，一律不想。

女儿的胸脯很平，比同龄的女孩子都平。女儿的神色无光，比同龄的女孩子都平淡无光。

杨少英同志认为，要的就是这个状态，这个状态最好了，只有这个状态，才最有可能考上北方某大学。

刘德云同志也认为，女儿的这个状态，是让父亲放心的最佳状态，有了这个状态，别说考上北方某大学了，就是考任何一所大学，都是上榜百分百。

女儿真争气，真是争气，冲过了黑色六月，终于金榜题名了，终于拿到北方某大学的录取通知书了。

摆过了谢师宴，杨少英同志和刘德云同志带上女儿，坐着火车，到北方某大学报到了。

安顿好女儿，杨少英同志和刘德云同志在北方某大学的校园里观光。杨少英同志感慨地说："这所大学，是我少女时代就梦寐以求的圣殿。可是你，刘德云同志，却用丘比特之箭，搞乱了我的脑袋！"

刘德云同志也感慨地说："是啊，那时候，我们发育得太快了，荷尔蒙突突地往外冒啊！"

夫妻俩流连在北方某大学的校园里，讨论了许多和女儿有关的话题。比如，女儿生病了怎么办？女儿被人用污言秽语骚扰了怎么办？女儿想吃妈妈包的饺子怎么办？女儿想谈恋爱了怎么办？

诸如此类的问题，太多了，杨少英同志和刘德云同志很难达成一致意见。因为，女人的想法和男人的想法是不一样的，往往是南辕北辙。后来，夫妻俩索性不再讨论了。不再讨论是觉得复杂的问题需要用简单的方法。简单的方法，就是让女儿自己处理。女儿已经是成年人了，已经生长在北方某大学的校园里了，女儿应该有能力驾驭复杂的局面。当然，有一点，夫妻还是达成了共识的，这就是给女儿买个手机，让她随时和家里保持联系。

刚开始的时候，女儿一天一个电话，后来就是几天一个电话了，再后来就是偶尔用手机发个短信息了。

有一天，杨少英同志的手机里蹦出来这样一条短信息："某大学女生一回头，黄河长江水倒流，某大学女生一声吼，计划生育不用愁！"

杨少英同志吓了一跳，把手机拿给刘德云同志看。刘德云同志哈哈大笑，捧腹大笑。

杨少英同志对刘德云同志的笑声极其恼怒。杨少英同志扭脸就订了张飞机票，一个人飞到北方某大学去了。临行前，她特意到书店为女儿选了本《初恋宝典》。

迎客松

迎客松是一个人，一个习惯于用一只手做事的人。虽然他用一只手臂做事，却做得很出色。另一只手臂，基本上不用，优雅地斜插在裤兜里。不做事的时候，伸出来的这只手臂，就帮助他说话，表达着他的意愿和快乐。

是的，他是一个很快乐的人，也是一个很优秀的人。黄山的迎客松，大家都是知道的，树冠向一侧蛰伏延伸着。因此，大家就把他比作迎客松了，说他这个人可敬可爱。

他真的是一个很优秀的人。一个人之所以优秀，往往体现在一些做事的细节上。一次，单位承办了一个大型的全国性学术会议，老总指派迎客松担任接待先生。迎客松把这件事做得漂亮极了。他悄悄地往资料袋里放了一张本市的地图，并用彩笔圈出了会址所在的位置。与会代表从各地来，因为看见了这张城市地图而欣喜。其实，他们中不乏开会油子，很善于捕捉闪亮的细节并加以热情的渲染。他们高举着城市地图说，联合国开会也应该借鉴这个经验，仁者乐山，智者乐水嘛。真不知他们中有谁去过联合国开会，反正他们来开会大多是为了游山玩水。迎客松制造的这么一个小细节，让会议代表充分感受到了体贴入微。

一个把细节做得很精致的人，一定有很不错的人缘。平日里，迎客松话不多，也就是说说几个简单的词，却让人感到了儒雅和亲切。比如，他问候人时，常说"还好吧?"也许，你不那么好，被他这么一问候，不好也就好了。本来就好呢，心里的感觉就会更好了。再比如，你正为一件事混沌着呢，听他说一句"你也知道"，于是，你仿佛就真的明晓事理了，茅塞顿开了。迎客松很会启发人，从来不居高临下地教导人。他不否定你的观点，他阐述自己的看法时，总是不断地说"你想想"，让你在内心反省。再不就说一句"要不然"，让你自己换一副脑筋，产生另一条罗马大道。还有，他说话的时候，善于用肢体语言，那只右臂向前伸展着，挥舞着，增强着情感的力度。另一只手臂，就那么很随意地在裤兜里斜插着。手臂一插，优秀人物的味道就出来了，品质感也就挥洒出来了。

优秀人物的品质感是与众不同的，这一点，大家都充分地感受到了。他对单位的贡献很大，因此，赢得了各种荣誉。几年下来，他的柜子里摆满了证书和奖章。但是，谁都没想到，因为有人要颁发给他一项荣誉，而改变了他的命运。那天，从某个阳光部门来了两个人，说是要评选迎客松当先进人物。也不知他们从哪儿听说的，说迎客松身残志不残。他们要单位填写表格，要老总签名盖章。为了慎重起见，他们要求见到迎客松本人，以便验明他是个残疾人。

老总打着哈哈说，什么残疾人？我们单位没有残疾人！老总把大家喊了过来，请阳光部门的人辨认残疾人。结果，大家站成一排，似乎都商量好了，每人都伸出来了右臂，学着外国人的样子，傻乎乎地高喊："耶儿!"

阳光部门的人讨了个没趣，悻悻地走人了。

迎客松很感动。迎客松知道，他有必要现出庐山真面目了，否则，也对不起大家那份情谊。迎客松就从裤兜里拔出来左手，让大家看手上的残疾。迎客松说："小的时候，断了两根手指，被打谷机吃掉了。"

大家唏嘘有声，把头扭了过去，不忍心看那只残手。

迎客松不再风光无限。

一周后，迎客松去了南方。临走之前，他给每个男士送了一包香烟，给每个女士送了一包枣片。后来，男士们、女士们嘴里有了味道的时候，总是想起来迎客松。老总也常常念道迎客松。老总经常在会议上，拿迎客松做榜样，敲打那些工作不认真的人。老总说："这样的小事，要是迎客松在，一定会做得更好！决不会出现低级错误！"老总甚至要求大家，向迎客松学习，用一只手做事，另一只手插到裤兜里，不准拿出来帮忙。这一招居然见了奇效，大家都用一只手做事了，比用两只手还要麻利，还要漂亮！

后来有一天，迎客松从南方回来了。他是特意跑过来看望大家的。令人惊奇的是，迎客松不再是独臂将军了，他用双手朝大家抱拳致意。迎客松告诉大家，他在广州做了断肢修复手术，原先的残指，已经装修齐全了。

迎客松也很惊讶，因为他看见每个人都伸着一只手臂和他握手，另一只手臂，斜插在裤兜里。他问大家为什么要这样？大家笑笑说："没什么，我们不过是学习你创造的一个细节！"

老总笑眯眯地说："过去的黄山，有一棵迎客松；现在的黄山，有成群成片的迎客松！"

绿色通道

外商要来考察投资环境，K 城各片儿都在打扫卫生。不管怎么说，脸蛋总要弄干净。修自行车的、炸油条的、卖鞋垫的，统统被赶跑了，三天内不准出摊；拖拉机、架子车、三轮车等，也被限制在城外，不得擅自进入市区。方方面面，都接到了通知，要为外商开通绿灯。

外商说来，真就来了。外商是个务实的人，时间表排得很满，每天都要到各行各业考察。外商走到哪里，都有最重要的领导陪着，最高级的轿车坐着，最香甜的酒席吃着。没人看不惯，也没人说怪话。这次，一定要把外商的眼球捉牢，不然的话，只能把自己的眼球抠下来当泡踩了。

外商看了许多"窗口"单位，风景都很美丽。但是外商一直没表露投资意向。K 城的领导人不得不以人民的名义，向外商表达了招商引资的迫切愿望。外商矜持地说，明天上午，他走之前，一定会正式表态的。外商说，他想利用最后一个下午，一个人在街上走走，随便看看。

好，好，当然好！明白，明白，当然明白！外商在众人的目送下，很快就溶入了茫茫人海。

外商脚步轻盈地走在了 K 城的街道上。街道很宽，绿树很美。外商看见了一处街心花园，于是信步走了过去。街心花园的四周，由低低的栏杆护着，显得有规有矩。外商很快就找到了入口。因为他看见了一块牌子，牌子上面写着鲜红的大字："无障碍通道。"外商不由得一阵感叹。他去过一些城市的休闲场所，人口处总是有曲里拐弯的粗铁管子拦着，让人很不舒服。

外商从街心花园出来后，又去了公园。他发现，公园门口，也有一块"无障碍通道"的牌子。外商顺着无障碍通道，惬意地进入了公园。外商不由得想起了许多城市，办事效率之差，立一个项目，要盖几十甚至上百个公章。想到这里，外商回转过身来，特意打量了公园门口那块牌子。外商发现，这块牌子和街心花园的那块一模一样。外商问了收票员，这才知道，牌子是下午刚刚挂上的。

后来，外商又在其他几处公共场所发现了同样的牌子。牌子在外商的目光里闪耀着。外商的眼睛有一种被刺痛了的感觉。

次日上午，外商没有签署投资意向书。他谢绝了 K 城领导人为他派出的专车，在门口叫了辆的士，自己去了飞机场。

外商走了之后，K 城的领导人坐在一起，一遍遍回顾每个环节，检讨失误的原因。讨论了许久，也没找出答案。

然而，让人想不到的是，临近中午，外商又回来了。外商说，路上几次遇上红灯，没赶上飞机。外商说到这里，却话锋一转，提出来要签署投资意向书。K 城的领导人十分纳闷，不明白外商何以来了个 180 度大转身？外商笑道："你们接我过来的时候，警车开道，红绿灯成了摆设。这两天，我所到之处，全都是'无障碍通道'。可我自己离开的时候，却频频遇上红灯。这说明，K 城的红绿灯还在起作用，K 城还是讲规矩的。"

外商又说："我的投资目标是改造 K 城的交通系统。我相信，在政府的领导下，会真正建立起一个四通八达的、让市民满意的'无障碍通道'。"

次日，K 城的媒体发出消息：《外商投资意向——打造绿色通道》。也不知是经过了谁的润色，"无障碍通道"被说成了"绿色通道"。

陌生人旅馆

　　都说"熟人多吃二两豆腐"，可我不这么认为。我的那些熟人们，固然也让我多吃二两豆腐，可他们是为了多吃我四两豆腐。带着对熟人的厌倦，我搭车去了汜城。

　　到了汜城，我住进了"陌生人旅馆"。是旅馆的招牌吸引了我。汜城与我是陌生的，我与汜城也是陌生的。这样挺好，大家都陌生，要的就是这种环境。

　　住下来后，我发现所有的面孔，都是陌生的。这让我感到了内心的宁静。老板是个热情厚道的人。他客气地对待每个陌生的旅客，让人感到宾至如归。

　　我决定在汜城多住几日，充分体验与陌生人相处的感觉。这种感觉是新鲜的，没有了往日的庸俗。当然，我对"陌生人旅馆"的环境也渐渐熟悉了。我发现，一楼西头的客房里，住着一个六七十岁的老人。这位老人慈眉善目，见了谁都说"您好"，甚至还要弯腰鞠躬。有时候，他会主动帮助旅馆干活，仿佛在自己家中一样。

　　这是个奇怪的老人。他是谁呢？有一天，我问老板。

　　老板淡淡一笑："他是我的父亲。"

　　我张大了嘴巴，想"啊"一声，却"啊"不出来。

我不明白，老板怎么可以让自己的父亲住在宾馆里？而且，还让父亲干那些粗糙的体力活。

　　老板说："您不知道，我父亲的状况。他患了中风，几乎失去了记忆。他已经认不出我是谁了。为了照顾他，我把他留在身边。也可以说，这家旅馆，我就是为父亲开的。父亲把我当成了陌生人，不但给我打工，还给我交食宿费呢。请不要误会，父亲这么做，乐此不疲。当然，我会给他开很高的工钱。您不知道，父亲健康的时候，我们俩天天争吵，他甚至动手打我。让您见笑了。可现在，我和他作为陌生人，彼此都感到很快乐。"

　　我很惊异。这是一对怎样的父子啊，居然要像陌生人一样相处！

　　老板又说："先生，我这么做，有什么不妥呢？好在，父亲还认得钱，他在我这儿挣钱，也在我这儿消费，他感到十分快乐！他不但高兴，他还感谢我呢。你没看见，每当领薪水的时候，他总要对我鞠躬！唉，有什么办法呢，谁让他把我当成了陌生人！他根本就不记得有我这个亲生儿子了！"

　　我唏嘘不已。我安慰老板说："这也是没办法的事，假若，老人家的脑子是清醒的，您也不会这么做了。俗话说，久病床前无孝子。你再有钱，也会背负不孝顺的骂名。"

　　老板苦笑着，摇了摇头，又点了点头。

　　当天下午，我离开了汜城，离开了"陌生人旅馆"。因为，我想起来我的父亲了。我的父亲，也是因中风患了老年痴呆症。不同的是，我把他送进养老院去了。

　　回到我居住的城市，我直接打车去了养老院。找到父亲后，我发现他的目光很呆滞，他完全认不出我了。

　　"爸，爸！"我唤着父亲。

　　"你是谁？"父亲的神色很茫然。"我不认识你，我不和陌生人说话！"

　　我的眼眶潮湿了，盈满了心酸的泪水。

　　我将父亲抱到轮椅上，把他推到了阳光下，推到了花园里。我轻声地给父亲唱歌，给父亲讲故事。

终于，父亲对我说话了："谢谢你，先生！你是天下最好的人！你是谁呀？为什么对我这么好？"父亲说着说着，呜呜地哭了起来。

我也哭了，哭出了声来。

以后，我每天都要去养老院看望父亲。父亲把我当成了陌生人，每次看见我，都会高兴地露出笑容。

三年后，父亲过世。

父亲走的时候，神态很安详。我知道，他是带着对陌生人的满足和快乐离开人世的。

后来，我又去了趟汜城。这次，我带去了我的那些熟人。我们是去寻找"陌生人旅馆"的。